元神官ツェザリ
フローラ・ハス

ヴェロニカ・
ハーニッシュ
エドゼル・ダンテ・
ハルトヴィッヒ

CONTENTS

時計台の大聖女は婚約破棄に歓喜する

2

糸加 Itoka

◆

Illust. 御子柴リョウ

プロローグ

フローラの脱獄

移動はいつも、夜になるのを待ってからだ。

フローラは月明かりの中、前を歩くツェザリに声をひそめて尋ねる。

「今日はどこまで行くの？」

「黙ってついて来い」

素っ気ない返事にフローラは顔をしかめるが、ツェザリは振り返りもしない。

牢屋から出ることができてほっとしたのも束の間、庶民のような粗末な格好をさせられたフローラは、闇に紛れて歩き続ける毎日を送っていた。人目がある昼間は、荷台の中や無人の小屋に隠れてやり過ごす。足が痛いと泣いて見せても、ツェザリは黙って聞き流した。そもそもフローラに興味がないのかもしれない。笑顔を見せたこともなく、会話も最小限だった。

——この男は一体、何のために自分を牢から出したのだろう。

何度聞いても答えてもらえない疑問を胸に、フローラは後を付いていく。今の自分にできることはそれしかない。

ただ、はっきり聞いたわけではないが、王都から離れることがツェザリの目的のようだった。

当たり前と言えば当たり前だ。

王太子であるデレックを騙して大聖女を詐称したフローラと王都にいるだけで、ツェザリに危険が及ぶ。

だから、なるべく見つからないようにして、遠い場所に向かうのだろう。

そう考えて歩き続けたフローラの短い旅は、ある日、唐突に終わりを告げた。

「よし、しばらくここで世話になる」

「ここ?」

王都からかなり離れた小さな村の、農家の納屋の前で、ツェザリはそう言って足を止めた。

フローラは中を覗き込んだが、藁の山しかない。

まさかと思いながらツェザリに尋ねる。

「世話になるって、どういうこと?」

「昼間農作業を手伝う代わりに、夜はここで寝泊まりする」

「ここで?　この藁の山で?」

「そうだ」

「冗談じゃないわ!　そんなことできないわよ」

「じゃあ、ひとりでどこへでも行け」

そう言われると黙るしかない。

――全部、ヴェロニカのせいだわ。

フローラは憎い名前を胸に、唇を噛んだ。

「いつまでもここにいるわけじゃないんでしょう？」

諦めたように納屋に入ると、ツェザリは薄く笑った。

「ああ。直接恨みを晴らす機会を作ってやる」

「……絶対よ」

「それまで十分に恨みを募らせておけ」

珍しく、機嫌のよさそうな声でツェザリが言った。

納屋の窓から、月の光が細く差し込む。

第一章　次期大聖女と王太子の婚約披露パーティ

いろいろと衝撃的だった卒業パーティから、一ヶ月半が過ぎた。

騒がしかった社交界も、最近ではかなり落ち着きを取り戻している。

それを締めくくるかのように今夜、宮廷の大広間で、王室主催のパーティが開かれようとしていた。私とエドゼルも、当然一緒に参加する。

遠巻きに好奇の視線を感じるが、そんなのは瑣末なことだ。今の懸念は他にある。

「フローラさんはいないみたいね……」

会場全体を見渡した私は、そう言って息を吐いた。

いなくて当然なのだが、紛れ込んでいる可能性はあると思っていた。

エドゼルも小さく頷く。

「やはり、馬車の荷に隠れていたというのがフローラだったのかもしれない。だとすると……王都から離れている可能性が高いな」

騎士団が必死になって調べていたが、脱獄したフローラの行方はいまだわからなかった。王都を

離れる馬車の荷にピンクブロンドの女性が乗っていたというのが、唯一の目撃情報だ。

「だとしたら、足取りを辿らせないようにするだろう。厄介だな」

フローラの脱獄について、デレックは何も知らないと主張しているらしい。

そんなことができるなら自分が先にここから出ている、と牢の中で叫んだという。確かにデレックならやりかねない。

フローラの実家であるハス男爵家も、フローラが姿を見せたら容赦なく宮廷に突き出すと言っているそうだ。

どちらも嘘をついている様子はなさそうだが、そうなるとフローラが今どこにいるのかますます見当がつかない。

脱獄を手伝った人物と一緒にいるのだろうか。

それはいったい誰なのか。

――あまり親しい人がいたようにも見えなかったけれど。

考え込む私が無意識に手のひらを見つめていると、エドゼルが心配そうに呟いた。

「……スール？」

「あ、違うわ」

私は笑って首を振る。

天候が読めるバーシア様に、治癒能力があったタマラ様。

歴代の大聖女様たちと比べて証明し辛い私の能力は『時間を巻き戻す能力』だ。

主観的には、時間を遡る能力とも言える。

スールと呼ばれる光を手のひらから出しながら『触媒』に触れると、『触媒』が見ていた時間を遡ることができる。

だが、あまりにもスールを大量に出すと体調を崩してしまうことがわかっていた。

そのため、エドゼルは常に私の出すスールの量を気にかけてくれている。

「さすがに今日は緊張しているみたい。心の蓋は開きそうにないわ」

「くれぐれも無茶しないで。気分が悪くなったらすぐに言ってくれていいから」

「ありがとう」

スールはエドゼルには見えないものなので、余計心配なのだろう。

――気をつけなくちゃ。

「そうだ。ヴェロニカ、さっきも言ったんだけど」

エドゼルが思い出したように付け足したので、フローラのことかと思った私は先回りして答えた。

「わかってる。気を付けるわ」

だけどエドゼルの言いたいことはそうではなかったようだ。それもそうなんだけど、と付け足して笑った。

「僕が言いたかったのは、そのドレス、すごく似合っているってことなんだ」

——え？　ドレス？

私は思わず、自分のドレスに目を落とす。

光沢のある青い生地のドレスは、王室御用達の店で仕立ててもらったものだ。

——えっと、嬉しいんだけど、でも。

私の動揺を感じ取ったように、エドゼルが笑う。

「ああ、うん。馬車の中でも言ったよね」

そう、迎えの馬車の中でエドゼルはもう十分に褒めてくれていたのだ。また褒めてくれると思わなかった私はどこを見ていいのかわからなくて、どきどきする。

それなのに、エドゼルは屈託のない笑顔でさらに付け足した。

「あらためて素敵だなって思ったんだ。ドレスだけじゃなくて、ネックレスとイヤリングもシャンデリアの灯りにきらめいて、ヴェロニカを綺麗に演出してくれている」

「あ、ありがとう」

ドレスもアクセサリーも全部、エドゼルからの贈り物だったが、思えばデレックの婚約期間中は、贈り物も、褒められることも一度もなかった。

——それが当たり前だと思いかけていたけど、そうじゃないのよね。

私は頬が熱くなるのをなんとか抑えながら、エドゼルを見つめた。

「あのね、エドゼル」

――だったら、私だって。

「そ、そういうエドゼルこそ、今日はいつもに増して素敵よ」

エドゼルは驚いたように瞬きを繰り返す。

「え？　そうかな？」

「そうよ！」

今日のエドゼルは、王太子としての正装だ。私も当然、馬車で褒めてもらったときに褒め返したけれど、まだ足りなかった。

「あのね、白の上着と黒髪のコントラストが、エドゼルの凛々しさを強調しているの。とても素敵よ。それだけじゃないの。これはさっきも言えなかったことなんだけど、袖のカフスが私とお揃いのサファイアなことも嬉しいの」

「これ？」

エドゼルはカフスを私に見せるように腕を上げた。

「そう、それ。言えてよかった」

満足感を抱きながら私はエドゼルに笑いかける。

大事なことを教わった気がした。

――そうか。素敵だと思ったら口にしていいんだわ。何度でも。

私はエドゼルにお礼を言おうと顔を上げたが。

「エドゼル、どうしたの？」

なぜかエドゼルは自分の手で顔を少し覆っていた。

「気分でも悪い？」

「あ、いや、そんなことない。大丈夫」

手を下ろすと、いつものエドゼルに戻っている。

——埃でも飛んでいたのかしら。

私が首を傾げていると、エドゼルが顔を近付けて何かささやこうとしていた。

「ヴェロニカ……」

「はい」

肩の力が抜けた気分で私は返事をする。心なしかエドゼルの声の方が固かった。

「結婚式——」

「エドゼル殿下！」

だけど、エドゼルの言葉の後半は、こちらに向かってきた貴族の男性の声にかき消された。

「エドゼル殿下！　初めまして！　私、子爵家のレーベルと申します！　お会いできて嬉しいです」

小太りの男性が勢いよくエドゼルに話しかける。

エドゼルも私も瞬時に切り替えて、そちらに向き直った。

「これはこれは。初めまして」

エドゼルが挨拶を返す。レーベル子爵は嬉しそうに続けた。

「殿下、このたびはおめで……」

しかし、その言葉は最後まで言えない。

「おっと、子爵。それ以上は陛下の発表が先でないと聞けません」

「え！　あ！　す、すみません！」

エドゼルに素早くたしなめられたレーベル子爵は気の毒なほど狼狽えていたが、こればかりは仕方ない。

陛下が宣言しなければ正式に婚約したことにならないので、お祝いの言葉も受け取れないのだ。

汗を拭きながら立ち去るレーベル子爵の背中を見送りながら、私は小声で呟いた。

「誰よりも早くお祝いを言いたかったのね」

レーベル子爵の息子はデレックの取り巻きだったブレッドだ。デレックからエドゼルに乗り換えるつもりなのだろう。

そんな事情をどこまでお見通しなのか、エドゼルは苦笑する。

「今まで気にも留めなかった側妃生まれの第二王子が王太子になったからね。名前を覚えてもらおうと必死なんだろう」

その言葉に棘はない。だけど、私は言ってしまう。

「……エドゼルはエドゼルよ」

「もちろん」

その微笑みが軽やかであればあるほど、私はエドゼルの今までの努力に思いを馳せる。エドゼルが決して感じさせない努力の重さ。

だけど、エドゼル本人はいつも通りだ。

「おっと、そろそろ来るみたいだよ」

その声に促されて視線を動かすと、重々しい扉がゆっくりと両側に開かれていくのが見えた。

「ラウレント・ゲルゼイ・ハルトヴィッヒ国王陛下と正妃ウツィア様、ご入場です」

濃い色の金髪を後ろに撫でつけた陛下は、今日もその青い瞳を鋭く光らせていた。

隣のウツィア様は薔薇色の華やかなドレスを着て、輝くような金髪を綺麗にまとめている。

「皆、今日はよく集まってくれた」

陛下の威厳のある声がホール中に響き渡った。

「後で知らせたいこともあるが、まずは寛いでくれ」

その言葉を待っていたかのように、音楽が奏でられる。陛下はウツィア様に手を差し出した。

「ウツィア。一曲どうだ？」

「ぜひ」

お二人はホールの中央に移動して、ファーストダンスを踊り始める。

「まあ、素敵」

ウッィア様の薔薇色のドレスの裾の動きの優美さに、その場にいた誰もがため息をついた。

しばらくの間臥せっていたウッィア様だったが、もうお元気になられたようだ。

よかった、と私はこっそり胸を撫で下ろす。

デレックの生母であるウッィア様とは、婚約破棄以来顔を合わせていなかった。

いろいろと思うところはあるだろうが少しずつ新しい関係を築いていきたいと、私が決意を新たにしたそのとき。

ホールで踊っていたウッィア様が、氷のような冷たい目つきで私を睨みつけたのがわかった。

——ウッィア様?

気のせいだと思いたかったが、ウッィア様はじっくりと私を睨みつけてから、大きくターンして背中を向ける。何人かがそれに気付いたようだった。

「ねえ、今の……」

「しっ。聞こえるわよ」

——これくらいで動じてはダメ。

私はことさら姿勢を正し、まっすぐ顔を上げる。

「ヴェロニカ」

そんな私の前にエドゼルがさっと立った。

「一曲、お願いできますか」

いつの間にか曲が終わっていて、楽団が新しい曲の前奏を始めていた。

「ホールが、僕たちのために空けられているみたいだよ」

その言い方に私はちょっと笑った。

「喜んで」

音楽に合わせて滑らかに体を動かしていると、父が遠巻きに私たちを見守っているのが目に入った。父の隣で、義母のアマーリエも楽しそうに笑っている。

父とアマーリエは黒地に金の刺繍の入ったお揃いの装いで、並ぶと一層華やかだ。

だけど、並んで引き立つ華やかさなら私たちも負けていない。

「なんて絵になるおふたりかしら」

「白と青でとても爽やかだわ」

手を取り合って踊る私たちを、盛んに褒める言葉が聞こえた。

「ご覧になって。ヴェロニカ様のあのサファイア」

「エドゼル様が贈ってくださったんですって」

「あら？　よく見たらあのカフス」

「仲がよろしいこと。さすがですわ」

私の耳に届いているということは、国王陛下や私の父も耳にしているはずだ。私たちを祝福することで、王室やハーニッシュ公爵家に害意がないことを示しているのだから。

――このダンスで先ほどのウツィア様の視線のことは誤魔化せたかもしれないわ。

「また何か悩んでいる？」

「えっ」

思わず顔を上げるとすぐ近くに黒曜石のように美しいエドゼルの瞳があった。

――近い！　ダンスだから仕方ないけど！　でも！

「僕たちの初めてのダンスだよ。楽しんで」

エドゼルは優雅に私をリードして微笑む。

「練習でも散々踊ったじゃない」

「練習とこれは別」

「ふふふ」

大きな手。

目の前のエドゼルに集中した途端、そんなことが気になり出す。

――やだ、顔が赤くなってないわよね？

デレックと婚約しているときは表情を作ることなんて余裕だったが、エドゼルの前では素直になりすぎてしまうのだ。

「ヴェロニカ、綺麗だよ」

「……何も今言わなくても」

エドゼルは不思議そうに答えた。

「むしろ言わない方がおかしいと思うけど」

そうかもしれないけれど、そんなことを言われるとエドゼルに集中しすぎてしまうのだ。

「……動揺して足を踏んでも知らないわよ？」

かろうじてそう言うと、エドゼルは優しく笑った。

「いくらでも」

「ありがとう」

照れすぎてなんだかよくわからない返事をするうちに曲が終わった。いろんな人がパートナーの手を取って新しい曲で踊り出す。大広間全体が活気のある賑わいに満ち溢れた。

「やれやれだ。ヴェロニカ、何か飲もうか」

「そうね」

ここからはほんの少し息がつける。

「こっちで休もう」

素早くグラスを二つ手にしたエドゼルが、私をバルコニーに案内した。誰もおらず、夜風が火照った頬に心地いい。

「お疲れ様」

「エドゼルも」

私たちはグラスを合わせて乾杯の真似事をする。

「あと少しの辛抱だ」

皆のダンスが一通り終わった頃に国王陛下が私たちの婚約を宣言し、二人で挨拶するのだ。それで目的は達成出来る。なんとか無事に終わりそうだ。

そのとき、少し離れたところから若い女性の声がした。

「ふう、涼しい」

「喉が渇いたわ」

バルコニーは直角になって繋がっているのだが、向こうはそのことに気づいていないようだ。

エドゼルは小声で素早く言う。

「女性だけのようだな……ここは死角になっているから見えないはずだ。向こうが出ていくのを待とう」

もう少し体を休めたかった私はそれに頷き、エドゼルの持ってきてくれた果実の炭酸水を口にした。冷たくて美味だったが、彼女たちの声が大きくて思わず聞き耳を立ててしまう。

「あーあ、羨ましいわ」

誰もいないと思い込んでいるせいか、遠慮のない様子で彼女たちは話し出した。

「うまくやったわねえ。兄をさっさと切り捨てて弟に。エドゼル様……どうしてあんな女に」

「しっ、声が大きくてよ。滅多なこと言うもんじゃないわ」

「大丈夫よ。中は音楽がうるさいもの」

しかも、どう考えても私の話だ。気まずい。

「デレック様もお気の毒よね。今は牢の中ですって？　どんな処罰になるのやら」

私がすぐ近くで冷や汗をかいていることも知らず、令嬢たちのおしゃべりは止まらない。

「辺境で労働させられるらしいわ」

「まあ！　あのプライドの高いデレック様が。ウツィア様が黙っていないんじゃなくて？」

「戻りましょう、エドゼル」

私はエドゼルを小声で促したが、エドゼルは聞いていない様子だった。彼女たちのいる方を険しい目で見つめていたと思ったら、空のグラスを手すりに置いて、つかつかと歩き出した。

待って、と私が口にするよりも早く、エドゼルは彼女たちの前に姿を現した。

「君たち、名前は？」

私も驚いたが、彼女たちはもっと驚いただろう。

自分たちだけだと思ったら、突然エドゼルが現れたのだ。

――どうしよう。私も行った方がいいのかしら？

こっそりと様子を窺っていると、三人いる令嬢たちのうち、二人が勝気な態度で言い返した。

「何よ、あなたこそどなた？」

「そうよ、失礼よ」

けれど、赤毛をキリリとひとつにまとめた令嬢が他の二人を押し留めた。

「待って……その髪、その服装、エ、エドゼル様では？」

その言葉に、令嬢たちの態度が変わる。目を丸くしてエドゼルを見つめた彼女たちは、おろおろした様子で呟いた。

「まさか……ほんとうに？」

「お、王太子殿下がここに？」

赤毛の令嬢が慌ててお辞儀をする。

「失礼しました！　ミヒャエラ・レンギンです」

残る二人もそれに続いた。

「ル、ルボミーラ・ビーナです！」

「マグダレーナ・ボハーチェです」

エドゼルは頷く。

「レンギン子爵家とビーナ伯爵家、それとボハーチェ子爵家のご令嬢か」

「は、はい」

恐縮して縮こまる彼女たちを見て、私は思い出した。

――ウツィア様主催のお茶会で何度かご一緒したご令嬢たちだわ。

つまり、私とデレックの婚約時代を知っているわけだ。噂話のひとつもしたくなるのも仕方ない。場所はもっと選ぶべきだと思うが。

――まあ、でも、これに懲りたら、彼女たちも迂闊なお喋りを慎むんじゃないかしら。

納得した私はエドゼルを呼び戻そうと近付こうとしたが、エドゼルはその前に言い放った。

「誤解しているみたいだが、ヴェロニカとの婚約は、私の長年の願いだったんだ」

令嬢たちは目を丸くするどころか、口まで開けて固まった。

「だから、わかるね？　ヴェロニカへの誹謗中傷は私が許さないことを」

「はいっ！」

ミヒャエラ嬢だけがはっきりと答える。見かねた私はついに出て行った。

「エドゼル、私なら大丈夫よ」

「ヴェ、ヴェロニカ様！」

まだ言い足りない様子のエドゼルに危機感を抱いたのか、彼女たちは一斉に私に向かって謝り出した。

「大変申し訳ございません！」

「どうぞお許しください！」

「二度とあんなことは申しません！」

私は彼女たちに向き直って頷いた。

「謝罪を受け入れます」

何か言いたげなエドゼルを制して、私は続ける。

「ただし、二度とこのようなことがないようにお願いしますね」

――そうでないとエドゼルが何をするかわからないから……。

「は、はい」

「気を付けます」

「では」

私の裏の気持ちを汲み取ったのか、彼女たちは返事をすると急いでホールに戻った。

「受け入れなくても良かったんじゃない？」

不満そうなエドゼルに私はため息をつく。

「狭量な王太子だと思われるわよ？」

「ヴェロニカに関して、僕は狭量だよ」

「あっさり認めないで」

エドゼルはそれについては何も答えない。私はもう一度ため息をついた。

「今のままじゃ、恐妻家の噂が立っちゃうわ」

「それいいね！　恐妻家ってことは、ヴェロニカが僕の妻になっているってことだろ？」

屈託ない言葉に、私の頰は完全に熱くなる。

――嬉しいけど！　嬉しいけど、でも！

エドゼルは何事もなかったかのように、私に手を差し出した。

「そろそろ戻ろうか？」

顔の火照りが取れるまでしばらくここにいたいとは言えず、私は黙り込む。

エドゼルは私の顔をちょっと見つめてから笑った。

「大丈夫。もう赤くないよ」

――見抜かれている！

私はエドゼルの手を取りながら心の中で悶える。

‡

中に入ると、父が待ち構えたように声をかけにきた。

「どこへ行っていたんだ、ヴェロニカ」

エドゼルが私を庇うように言う。

「外の空気を吸っていたんです。ハーニッシュ公爵。私が一緒でしたので、ご安心ください」

しかし父は、なぜか思いっきり苦いワインを飲んだような顔になった。

「恐れながら、殿下がついているから心配しているのです」

「公爵、それはどういう意味でしょうか」

突然、臨戦態勢に入った二人に、私とアマーリエが同時にたしなめる。

「エドゼル！」

「旦那様！」

「いや、なんでもないよ」

父もエドゼルも、慌てた様子で言い繕う。

「争っているんじゃないよ、ヴェロニカ。義父上の気持ちはよくわかっている」

しかし、父はそれを聞き逃さない。

「恐れながら王太子殿下、大変光栄なことでありながら、まだ義父ではないかと」

「これは失礼しました。公爵、その日が待ち遠しいですね」

放っておいたら永遠に応酬しそうな二人を見て、私はアマーリエに囁いた。

「お父様ってあんなに心配症だったかしら」

「ふふふ。ヴェロニカがもうすぐお嫁にいくと思って寂しいんですよ」

そう言われると私も強くは言えない。代わりにアマーリエが強引に口を挟む。

「旦那様、いい加減になさってください。殿下とヴェロニカはそろそろ前に行かないといけませんのよ」

「そうだった。それで探していたんだ」

「え、もう？」

私が驚くと、父は頷いた。

「そうだ。少し早まったらしい」

いよいよ、陛下が私たちの婚約を発表するのだ。

「髪とかお化粧とか大丈夫かしら？」

私はアマーリエに縋り付くようにして尋ねる。

「ええ、大丈夫。今日も王国で一番綺麗よ」

アマーリエは私の髪に手でちょっと触れてから笑った。

「義母上（ははうえ）に完全同意だよ。行こうヴェロニカ」

エドゼルがエスコートの姿勢で私に言う。

「いってらっしゃい」

アマーリエの声を背に、私たちは玉座に向かった。父が小声で、まだ義母じゃないと呟いていたのが聞こえたが今はそれどころじゃない。

私とエドゼルが陛下に近付くにつれ、周りのざわめきが小さくなった。

皆、いよいよだとわかっているのだ。

「よく来たな。二人とも」

玉座の前まで行くと、陛下の方から言葉をかけてくれた。

「とても素敵な夜に感謝しています」

エドゼルが頭を下げ、私もそれに倣う。

「うむ。いい夜だ」

陛下が頷いて立ち上がった。それに合わせて、ウッィア様も玉座から陛下の横に移動する。

「皆、この二人に注目してほしい」

静まり返った会場に、陛下の声が響き渡る。

「王太子エドゼルが、ハーニッシュ公爵令嬢ヴェロニカと婚約したことを知らせたい」

拍手と歓声が同時に起き、その場にいた高位貴族の方たちが祝福の言葉を次々と口にする。

「ご婚約おめでとうございます。エドゼル王太子殿下」

「ヴェロニカ様、おめでとうございます」

陛下は片頬だけで微笑んでから、先を続ける。

「慶事はそれだけではない」

再び会場が静かになった。

「次の夏至の祈りの日に、代替わりの儀式を行う。その儀式の終了とともに、大聖女はバーシアからヴェロニカに変わる。大聖女バーシアが、ヴェロニカを次の大聖女だと認めたのだ」

さっきより大きい歓声が会場全体を包んだ。

「新しい大聖女様！」

「素晴らしいことだわ！」

私とエドゼルは皆に向かってお辞儀をする。陛下が大きく両手を広げて宣言を締め括った。

「ここからはその祝いだ。皆、楽しんでくれ」

その言葉を皮切りに、私とエドゼルは一斉にいろんな人たちに取り囲まれた。

「おめでとうございます。お似合いのお二人ですわ」

「大聖女だなんて、さすがですわ」

名前と顔を素早く思い出しながら、私はしとやかに対応する。視線だけ動かして様子を窺うと、エドゼルも少し離れたところで同じように対応していた。

おおむね好意的に受け止めてもらえたみたいだ。

私が胸を撫で下ろして安心したその瞬間――その声が鋭く響いた。

「私は反対ですわ」

誰もが耳を疑った。

「……ウツィア様？」

私は思わず呟いた。

「今なんと？」

「反対とかおっしゃったような……」

貴族たちのざわめきも、波紋のように広がる。

ラウレント国王陛下が鋭い声でウツィア様をとがめた。

「ウツィア、何を言う」

ウツィア様は、美しい眉をしかめてさらに言葉を重ねる。

「反対だから反対と言っただけですわ。この結婚……いいえ、婚約を」

「なんだと？」

国王陛下の険のある問いかけを無視して、ウツィア様は私に向かって叫んだ。

「ヴェロニカ・ハーニッシュと王太子エドゼルの婚約を王妃として認めません！」

――どうして――

呆然とする私に向かって、ウツィア様は吐き捨てるように言う。

「第一、大聖女と言いながら、まだその証拠を見せていないじゃないの」

「それは」

説明しようとする私をウツィア様は遮った。

「バーシアは、前から早く引退したいって言っていたわ！　捏造の手伝いもするかもよ」

「なんてことおっしゃるんですか！」

エドゼルが何か言い返そうとしたのが目の端で見えたが、今度ばかりは私の方が早かった。

「な、何よ」

ウツィア様はたじろいだように体を引いた。

私がそこまでウッィア様に強く言うのは初めてのことだったからかもしれない。

公爵令嬢として、エドゼルの婚約者として、次期大聖女としてふさわしくない態度だとしても、これだけは言わなくてはいけないと思ったのだ。

「バーシア様は公明正大なお方です」

私は顔を上げてはっきりと告げる。

「捏造の疑いをかけるなんて、いくらウッィア様でも言葉が過ぎます」

確かにバーシア様はいつもすぐにでも大聖女を辞めたい、代替わりしたいと言っているけれど一日だってお祈りをサボったことはないし、誰よりも皆のために祈っている。

「私のことはなんて言われても構いませんが、バーシア様に対する侮辱は撤回してください」

ウッィア様は頬をこわばらせた。

「まあ！　なんて恐ろしいの。あなたがそんなだからデレックが可哀想な目に遭うんじゃない」

——え？

私は思わず息を呑む。まさか、デレックの名前を堂々と出してくるとは思わなかったのだ。

父がこちらに来ようとしているのが目に入った。アマーリエが必死でそれを止めているが、あの勢いでは今にも振り解きそうだ。なんとか収めないと、公爵家と王家の争いに発展しかねない。

「失礼ながら」

焦りながら私が言葉を探していると、氷のように冷ややかな声がホール中に響いた。ウッィア様のように激しい口調ではないのに、鋭さを感じさせるその声。

――あ……これ、すごく怒っているわね？

私はさっきまでとは違う冷や汗を感じながら、声の主の方を向く。

エドゼルが一見穏やかな微笑みを浮かべ、ウツィア様に言った。

「兄上の名前はここでは出してほしくありませんね」

「なんですって？」

ウツィア様の強い視線はエドゼルの黒い瞳に受け止められる。

「これは失礼しました。正妃様。ですが、今の私の立場ではそう言いたくなりますよ」

白の上着を着こなしたエドゼルは、黒髪を優雅になびかせてウツィア様に一歩近付いた。

その気品と迫力。

凛とした眼差し。

紛れもなくエドゼルは王太子だとそこにいる誰もが実感した。他国の王女様だったウツィア様相手に引けをとっていない。

「陛下とバーシア様、そして大神官様も、ヴェロニカを次期大聖女だと認めています。正妃様が何を言おうと意味がないかと存じます」

「あなた……私を馬鹿にしているの？」

「いいえ、事実を述べているだけですよ。同様に、ヴェロニカが私の婚約者であることは正妃様が何を言おうと変わりません」

「……生意気な」

ウッィア様は装飾の施された美しい扇を広げた。口元を隠しても、苛立ちは充分伝わってくる。

「ヴェロニカが大聖女だと私はまだ認めていません。ですから、婚約も認められませんわ。どうしてもというなら、今ここで大聖女である証拠を見せてちょうだい」

「今ここで……ですか」

私は言い淀んだ。

「そうよ！　ほら、早く！」

金切り声で叫ばれながら、私は考える。

仮にここでスールを出したとしても、ウッィア様には見えない可能性の方が高い。

――だけど。

私は手のひらをギュッと握りしめる。

大聖女の能力を開花させるために苦労した日々を思い出したのだ。

そうだ。

今ここで証拠を見せられないと言って怯むことはない。

私は顔を上げた。

「バーシア様は私のことを次の大聖女だと認めてくださいました。それが何よりの証拠です」

あの婚約破棄があった卒業パーティの後、あらためてバーシア様に会いに行きスールを見せたのだ。家族やエドゼルにも見せたけれど、今のところ私以外にスールが目視できるのはバーシア様だけだった。大神官ジガ様でさえ、見えなかった。

私はそれこそが、自分が大聖女である証だと思っている。

大聖女バーシア様しか見えないものを私が出せることが。

だが、ウツィア様はさらに感情的に叫んだ。

「まあ……バーシアが認めるなら私の同意はいらないと言うのね。だったら私も婚約を認めるわけにはいきません！」

――どうしたら納得してくれるかしら。

ウツィア様は気分屋の反面、頑固な方だ。まさかとは思うが、このままエドゼルとの婚約が成立できないなんてことになったら……なったら……？

私はふと冷静になって考える。

――待って。ウツィア様がどうおっしゃろうと、あのエドゼルが婚約を成立させないなんてことあるかしら？

私が知る限り、エドゼルくらい努力家で粘り強い人はそういない。第二王子である頃から騎士団に入って鍛錬してきたくらいだ。

そのエドゼルが、私と婚約すると決めてくれたのだ。反対されたからと言って、すぐに考えを変

私も。

そして、エドゼルは婚約を続行するために尽力してくれる。

そんなことはない。きっと、エドゼルとなら、大丈夫。

知らず知らず肩に力が入っていた私は、深呼吸して辺りを見回した。

すぐ近くにいるエドゼルと目が合う。

エドゼルはやっとわかってくれたの、と言いたげに私に微笑みかけた。私はごめんなさい、という気持ちを込めて頷く。これくらいで動揺してごめんなさい。いいよ、とでもいうようにエドゼルは小さく首を横に振り――そしてウッィア様に向かって言った。

「正妃様、いい加減恥ずかしいことはおやめください」

さすがに周りがどよめいた。王太子とはいえ、エドゼルがウッィア様を諫めたのだ。

エドゼルは気にせず続ける。

「大聖女であるヴェロニカに難癖をつけることは、この国の聖域である大時計台を粗末にすることと同じです。ヴェロニカを大聖女として認めないのであれば、大時計台の鐘が鳴らなくてもいいと言うのですか」

大聖女が祈りを捧げるからこそ、針のない大時計台の鐘が鳴るのだが、ウッィア様は素っ気ない声で言った。

「大聖女の仕事をしながら、私に証拠を見せる努力を続けたらいいわ」

さすが、私に生徒会の仕事を押し付けまくったデレックの生母様、考え方が一緒だ。

変なところに感心していると、痺れを切らしたかのようにウツィア様が声を張り上げる。

「陛下！　黙っていないで、なんとかおっしゃってください！」

何も言わずやり取りを見守っていた陛下が大きなため息をついたのがわかった。

「ウツィア、思い付きで発言するのは控えるように」

「陛下⁉」

ウツィア様が信じられないというように目を見開いたが、陛下は続ける。

「その二人の言う通り、ヴェロニカが大聖女であることはバーシアが認めている。ヴェロニカこそ王太子エドゼルの婚約者に相応しい」

ウツィア様は瞬きもせず陛下を見つめた。陛下は目を合わせることなく、会場に向かって言う。

「二人に拍手を！」

最初は遠慮がちにまばらだった拍手は、父が一際大きく手を叩いたことで割れんばかりの盛大なものとなった。

「大聖女ヴェロニカとともに国の発展に尽くします」

エドゼルがそう言ってお辞儀をし、私も並んで頭を下げる。

「……気分が悪いので失礼するわ」

ウツィア様が立ち上がって大広間を出て行った後も、拍手はなかなか止まなかった。

散々なパーティだったが、一応、私とエドゼルの婚約は認められた。帰りの馬車の中で、私はほっと息をつく。

「正妃様にはいつか正式に謝罪してもらうから、少し時間をくれるかな」

隣に座ったエドゼルが、申し訳なそうに口を開いた。

来たときと同じように、帰りも王室御用達の馬車でエドゼルに送ってもらっていた。

「いいのよ。結果的には認められたんだし。あのウッィア様が素直に謝るとは思わないもの。いつかわかってくれるわ」

楽観的な私とは対照的に、エドゼルは何かを決意するように腕を組む。

「もっと力をつける必要があるな……」

――どんな力？

「今のままでもいいんじゃない？」

私にとってはあのときエドゼルがすぐに言い返してくれるだけで十分だった。比べてはいけないだろうが、デレックでは絶対にあり得ない。

エドゼルは眉を少し寄せて呟いた。

「それにしても正妃様はどうしてあんなことを言い出したんだろう」

私はいつかのウッィア様を思い出す。『流れに乗ったらいいのよ。それが一番楽な生き方よ』と言い切った、愛らしい少女のようなウッィア様を。

ヴェロニカちゃん、と私を呼ぶ親しげな表情はもう見られないのだと思うと、少なからず胸が痛んだ。

「やっぱり、デレックのことで私を恨んでいらっしゃるのよ」

だけど、エドゼルは首を振る。

「それは逆恨みというものだよ。フローラ・ハスに騙されたのは兄上なんだから」

「……そういえば姿を見せなかったわね」

「フローラ？」

「ええ」

「やっぱり王都にはいないんじゃないか」

「だとしたらどこに……」

初めて会ったとき、薔薇は嫌いだと言い切ったフローラ。もっと話してみたいとあのときから思っていた。

だけど、私とフローラの距離が縮まることはなく、ずれた歯車のように少しずつ、でも確実に遠ざかった。もっと最初の頃になんとかしておけばと思ってしまうのは思い上がりだとわかっている。

でも、どうしても気になり続けてしまう。

「ヴェロニカ」

その声に顔を上げれば、エドゼルが気遣わしそうに私の顔を覗き込んでいた。

「ごめんなさい、なんでもないわ」

エドゼルが私の手の上にそっと手を乗せる。

「婚約も結婚も、絶対に進めるから安心してほしい」

その手に、自分の手を重ねて私は笑った。

「そのことなら心配してないから大丈夫よ」

「だったらいいけど」

「もうすぐ着いちゃうわ」

車輪が石畳を軽快に走っているのが振動で伝わった。温かいこの手を離すのが少し惜しかった。

「……明日にでも結婚したいよ」

「せっかちね」

思っていることが伝わってようで私は少し照れる。下を向いて笑うと、エドゼルが困ったように言うのが聞こえた。

「いや、冗談じゃなくって」

再び顔を上げると、エドゼルの瞳がさっきより近かった。

「絶対に、悲しませない。兄上と僕は違う」

「エドゼル……」

「ヴェロニカには、いつでも笑っていてもらいたいんだ」

「ありがとう」

それくらいしか言えない自分がもどかしかった。エドゼルはいつも私のことを思ってくれているのに。

それからすぐ、馬車は公爵家に到着した。

「足元に気をつけて」

「……うん」

手を差し出してくれたエドゼルの肩越しに、月が小さく浮かんでいた。

第二章　大聖女の聖域はこちら側の居場所

「あっはっは！」

ウツィア様の一件を聞いたバーシア様は豪快に笑った。

婚約披露パーティから一週間後。

大時計台の隣のバーシア様のお屋敷のサロンで、私は久しぶりにバーシア様と向かい合ってお茶を飲んでいたときのことだ。

「そこまで笑わなくても！」

「だって面白いんだもん」

蝶の羽のような薄手のストールを羽織ったバーシア様は、笑いすぎて出た涙を指で拭った。私もいつもより薄手のオレンジのワンピースを着ており、窓の外の青空とお互いの装いが初夏を感じさせる。

「私もパーティに行けばよかったわ」

「バーシア様みたいに笑っている人は、ひとりもいませんでしたよ」

言いながら私は二枚目のクッキーに手を伸ばした。ユリアさんのクッキーは素朴だがとても美味しいのだ。

「皆、我慢強いのね……ふふ……あっはっは！」

バーシア様は思い出したようにまた笑い声を上げる。

「珍しいですね。バーシア様がそこまで笑うの」

「だって、あの意地悪正妃様が王太子殿下にやり込められるなんて、気持ちいいじゃない」

――意地悪正妃様？

私は思わず辺りを見回す。

もちろん、この部屋には私とバーシア様と、バーシア様のお世話係のユリアさんしかいない。

それでも声をひそめずにはいられない。

「誰かに聞かれていたらどうするんですか」

「大丈夫よ」

バーシア様はやっと声を落として、カップを手に取った。

「昔っから苦手なのよ。だから、いい気味だなって。ああ、笑いすぎて喉が渇いたわ」

「バーシア様、ウツィア様が苦手だったんですか？」

「ええ。知らなかったでしょう？」

「まったく知りませんでした」

私は頭の中で、今まで参加した夜会や公式行事を思い返した。確かに、バーシア様とウッィア様がご一緒しているところを見た覚えがない。

人の多い場所が苦手なバーシア様は、大聖女としてどうしても出なければいけない行事以外は参加しないからだと思っていたが、もしかしてウッィア様を避けていただけなのかもしれない。

——今頃になって、気付くなんて。

自分の洞察力のなさに落ち込んでいると、バーシア様がからかうように言う。

「気付かなくって当然よ。だって隠していたんだもの」

え、と私は顔を上げた。

バーシア様が片目を瞑る。

「前王太子殿下と婚約しているあなたに、まさかその母親と折り合いが悪いなんて言えないでしょう？　ただでさえ、いろいろと大変だったのに、板挟みになるのはかわいそうだと思っていたの」

「そうだったんですか……」

私は自分の思い上がりに気付く。バーシア様が、私如きに洞察されるわけがないのに。

——きっとずっと敵わない。

「全部抱え込むことないのよ」

考え込む私をよそに、バーシア様は言い切った。

「ヴェロニカはただの王太子妃じゃないもの。大聖女でもあるんだから、世俗のことは頼りになる夫に任せればいいわ」

――夫！

その一言で心臓が跳ね上がる。

「顔が赤いわよ」

「えっ」

「嘘よ」

「もう！　からかうのやめてください」

バーシア様はふふふと笑う。いつもの静かなバーシア様の笑い方だ。

「からかい甲斐があるからつい。まあまあ、お茶のお代わりはいかが？」

「いただきます……」

「どうぞ」

ユリアさんまでくすくす笑いながら、お茶を注いだ。

「まあ、正妃様のことは、王太子殿下がなんとかしてくれるでしょう」

「……そうですね」

ひとまずそう思うことにする。

「それより、いよいよ代替わりね」

バーシア様のその言葉が、立ち上る湯気と混ざって私の胸の中に滲んでいった。

「寂しいです」

率直な気持ちを口にすると、バーシア様もしんみりした様子で頷く。

「そうねえ。私も、長年住んでいたこの場所を離れるのは寂しいわ」

カシャン！

カップとソーサーがぶつかった。驚きすぎた私が、乱暴に置いてしまったのだ。バーシア様が不思議そうな声を出す。

「そんなに驚くこと？」

「だって……今、初めて聞きましたよ？」

「初めて言ったもの」

「だけど、そんな、どうして」

バーシア様は当たり前のことのように答える。

「私がここにいるのは大聖女だからよ。代替わりしたら出ていくのが当然でしょう」

「でも、でも、タマラ様は代替わりしてもここでバーシア様と暮らしていたと聞きました。だから私、てっきりバーシア様もここにいらっしゃるのかと」

動揺が収まらない私は、子どもみたいに言い募る。

バーシア様はストールを肩にかけ直して、微笑みを作った。

「タマラ様は行くところがなかったのよ」

そんなことはないはずだと私は思ったが、口には出さない。

代替わりした大聖女には、充分な年金が支給されるので、受け入れ先はいくらでもあるのだ。

だけど、タマラ様はどこにも行かなかった。バーシア様との生活を選んだのだ。

そして、バーシア様はここを出ていくことを選んだ。

——それがバーシア様の意志なら仕方ない……でも。

寂しさを受け止めきれないまま、私は尋ねる。

「では、ご実家にお戻りになるんですか？」

「うーん。兄が爵位を継いで長いし、今さら帰れる感じでもないのよね。だから、旅にでも出ようかなって思っているの」

——旅？

バーシア様は、窓越しに空を眺めた。

「天気を見る旅に出たいの。大聖女を退くと私の天候を読む能力は失われるはずだけど、今まで蓄積した資料があれば、ある程度予測はできるはず。それを確認する旅に出たいなって、ずっと思ってた。海沿いの天気。山の上の天気。雲を見て、太陽の出るところに行くの」

「……素敵じゃないですか」

その様子を想像した私は、そう言わずにはいられなかった。大時計台の鐘の音も聞こえないような遠くの街に、バーシア様は大聖女の知恵を伝えようとしているのだ。

「ありがとう。自分でもそう思うわ」

視線を戻したバーシア様はそう言って頷いた。

意外過ぎる結論だったが、バーシア様が決めたのなら仕方ないと私は思う。寂しいけれど、引き止めることはせず——

「ではその旅が終わったら、ここに戻ってきてください！」

——全力で帰りを待つことにした。

「あらあら、待たれちゃったわ」

バーシア様はふんわりとした笑いを浮かべる。さっきまでのどれとも違う笑い方だった。

はぐらかされたことはわかっていたが、今はそれだけでいいと思うことにする。

寂しさは消えないけれど。

「タマラ様は、ここでどんな生活をなさっていたんですか？」

気を取り直して質問すると、バーシア様が懐かしそうに目を細めた。

「大聖女を退いてからのタマラ様は、今までの記録を基に伝染病の予測や、対策について進言していたわ。お互い、働き者よねえ」

「お会いしたかったです」

タマラ様のことはお話しか知らない。

肖像画は拝見したことはあったが、茶色い髪と茶色い瞳でこちらを無表情に見つめる絵からはなにも伝わってこなかった。

「あなたこそどうするの？　結婚したら宮殿に住むの？」

　バーシア様の質問に、私は頷く。

「宮殿とここを行き来しようと思っています」

「そうね。大変だけど、そうなるわよね」

「はい」

　今までバーシア様が捧げてきた大時計台への祈りを私が引き継ぐのだ。

　そして、それこそが私の日課になる。

「ヴェロニカは私と違って、王妃としての仕事もあるものね。でも、あの王太子殿下なら大丈夫よ。ヴェロニカを助けてくれるでしょう」

「……そうですね」

　生徒会でのエドゼルの仕事ぶりを、私は思い出す。規模も内容も全然違ってくるけれど、きっとエドゼルは結婚した後も、私を助けようとしてくれるだろう。

　だからこそ、私もエドゼルの力になりたい。

　あらためて決意していると、バーシア様がのんびりとした口調で言った。

「そういうわけで、そろそろだと思うんだけど」

　——そろそろ？

何が？

それが合図だったかのように、ユリアさんが新しいカップを二つ、テーブルの端に置いた。

「どなたかいらっしゃるんですか？」

「ええ、お二人でいらっしゃるの」

バーシア様が人を呼ぶなんて珍しい。私は慌てて立ち上がる。

「では、失礼しますね」

「あら、ダメよ。あなたも主役なんだから」

どういう意味かと尋ねる前に、ノックの音が響いた。ユリアさんが心得たように扉を開ける。

目に飛び込んできたのは、よく知っている明るい笑顔と、艶のある黒髪だった。

「……エドゼル？」

「ヴェロニカ、お待たせ！」

お待たせと言われても、聞いていない。

だけどエドゼルは屈託のない黒い瞳で私を見つめて、感心したように話し出した。

「この間のドレスも素敵だったけど、今日のワンピースも似合っているよ！　巻いていない髪もいい。自然な感じがヴェロニカらしい」

——待って。流れるように褒めないで。

疑問を口にしようにも照れて何も言えなくなった私は、目の前のエドゼルをただ眺める。

今日は、ややカジュアルなジャケットにパンツ姿だ。

顔が見られると思っていなかったので、それについては素直に嬉しい。

だが、わけがわからないことに変わらない。

「王太子殿下。ヴェロニカの可愛らしさはよく分かりましたから、一旦、後ろの人を紹介してあげたらどうかしら」

「あ、そうだった」

私は、ユリアさんがカップを二つ出していたことを思い出す。エドゼルはひとりじゃないのだ。

「ヴェロニカ、バーシア様。紹介します。こちらが――」

エドゼルが振り向く前に、男の人がエドゼルを押し退けて前に出てきた。

「待ちくたびれましたよ。王太子殿下……やあやあやあやあ、あなたが！」

私よりも年上のようだけど、父やバーシア様よりは多分若い。

日焼けした肌に人懐っこい茶色い瞳。

伸ばしっぱなしの茶色い巻き毛があちこちからまっているが、気にせず後ろでひとつにまとめていた。

白いシャツに、ポケットのたくさんついたズボンを穿(は)いている。

どう見ても、貴族の装いではない。

――職人さんかしら？　でもどうしてエドゼルと？

「お会いできて嬉しいです！」

親しみが込められた笑顔を向けられ戸惑う私の前に、エドゼルがさっと立った。

「ユゼック！　今、紹介しますから、それ以上ヴェロニカに近寄らないように！」

「はいはい、わかりましたよ。じゃあ、こっちに行きます」

ユゼックと呼ばれたその人は、にこにこと微笑みながら部屋の中央に移動した。私とエドゼルとバーシア様が並んでそちらを向く。

「あらためて紹介するよ」

エドゼルが咳払いした。

「こちら、ユゼック・フライ。マルニ帝国の出身だが、今はあちこちを放浪している根無草(ねなしぐさ)だ」

なんとなく失礼な言い方だと思ったが、ユゼックは天真爛漫な様子で笑っている。

「その通り！　根無草のユゼック・フライです！　ユゼックとお呼びください」

――ユゼック・フライ……？

その名前には聞き覚えがあった。

エドゼルが囁く。

「ほら。ヴェロニカの時戻りの能力を確かめるとき、参考にした論文を書いた人だよ」

「あっ……あの市井(しせい)の研究者という」

私が大聖女の能力を開花させるきっかけになった論文だ。

「そう、その素晴らしい論文を書いたのが私です」

私は感謝の気持ちを込めて頭を下げた。

「あのときはお世話になりました。お礼が遅くなって申し訳ありません」

「お礼なら、僕がとてもたくさんしたから、ヴェロニカは気にしなくて大丈夫」

気にしなくて大丈夫なこともないだろうが、ユゼックは満足そうに頷く。

「はい。王太子殿下には、研究費用の支援をたくさんいただきましたよ」

「その代わり、ラノラトの民の研究の成果は、僕のところに優先的に知らせてもらうことになっている」

「大時計台があるのはアンテヴォルテン王国ですからね。私としては研究が続けられさえすればなんでも」

それからエドゼルは、今度は私たちをユゼックに紹介した。

「ユゼック、こちらは言うまでもないけれど、僕の婚約者であり、次の大聖女であるヴェロニカ。そして、今の大聖女であるバーシア様」

「ヴェロニカ・ハーニッシュです」

「バーシアよ」

ユゼックは、感極まった表情で私たちを見つめた。

「新旧の大聖女にお会いできるなんて感激だなあ」

――新旧の大聖女？

「そんなふうに言われたのは初めてです」

嫌な気持ちになったわけではないが、どうも独特の感性を持っているようだ。

バーシア様も訂正するように言う。

「私は私、ヴェロニカはヴェロニカよ」

「失言だったら謝ります。私にとっては夢のような邂逅（かいこう）ですので、つい」

ユゼックは感動に浸るように胸に手を置いたかと思えば、いきなりユリアさんに言った。

「あ、お茶は結構です。まず、見学させてください」

「本当にせっかちだな、ユゼック」

エドゼルが呆れたように呟いたが、ユゼックは悪びれない。

「これがじっとしていられますか！　大時計台の中に入れるんですよ！」

「え？」

私が問いかけるように見ると、エドゼルはちょっと肩をすくめた。

「これもお礼のうちなんだよ」

――なるほど。

体全体でわくわくしているユゼックを見て、私は納得する。確かにラノラトの研究者なら大聖女や大時計台に興味があるだろう。

それにしても、と私はバーシア様を軽く睨んだ。

「どうして黙っていたんです？」

エドゼルとユゼックが来るなら来ると言ってほしい。

「なんとなく、その方が面白い気がしたのよ」

——もう！

私が頬を膨らますのを我慢していると、エドゼルまで笑った。

「ヴェロニカに内緒にしていたんですね？」

「驚くヴェロニカが見られてよかったでしょう？」

「そうですね」

——よくない！

エドゼルは、私をなだめるように説明する。

「大時計台の見学は、なかなか許可されるものじゃないからね。僕が無理を言ってバーシア様にお願いしたんだ」

「王太子殿下に頼まれたら断れませんもの」

「これで二度目ですね」

エドゼルは懐かしそうに目を細めた。

私も同じことを思い出す。

六年前。

私の十二歳の誕生日のプレゼントとして、エドゼルは私を大時計台に連れてきてくれた。

あのとき歯車を光らせたのがきっかけで、私は大聖女候補になり、デレックと婚約することになったのだ。

バーシア様がからかうように私たちを見る。

「遠回りしたかもしれませんけど、結果がすべてですね」

「はい。今、ヴェロニカが隣にいる。それだけで充分です」

力強く答えるエドゼルを眺めていたユゼックが、感心したように頷いた。

「はあ、噂には聞いていましたが、仲がいいというのは本当ですね」

そんなことを言われると、ますます照れてしまう。

下を向いた私は、なかなか顔を上げられなかった。

‡

その後。

待ちきれないユゼックのために、すぐに大時計台に移動した。

「バーシア様にヴェロニカ様、王太子殿下にお連れ様ですね」

顔見知りになった入口の護衛騎士が、にこやかに私たちを確認する。大時計台は屈強な騎士たちに常に守られているのだ。

「どうぞ、お通りください」

重々しい扉を開けてもらい、中に足を踏み入れた。

とはいえ、基本的には何もない場所だ。

天辺まで続く螺旋階段があるだけ。

今からそれを登るのだが、ユゼックは足を進めない。

「ユゼック？」

エドゼルが不思議そうに声をかけると、ユゼックはまた胸に手を当てていた。

「感激して動けないんです」

「まだ入口の何もないところですよ」

「王太子殿下は、私がどれほどここに来たかったか知らないからからそんなことをおっしゃる」

ユゼックは、二、三回、深呼吸して目を見開く。

「よし！　お願いします」

その言葉でようやく私たちは螺旋階段を上がり始めた。バーシア様を先頭に、私、ユゼック、エドゼルの順で一列になる。

一歩一歩、進みながらユゼックが呟いた。

「……もうこの靴は洗わない」

「洗ってください」

エドゼルが冷静な口調でたしなめる。

「洗えるわけないじゃないですか！　私は今、ラノラトの歴史と靴裏を通して触れ合っているんですよ」

バーシア様が振り向きもせず言った。

「螺旋階段自体は新しいものよ。何度か建て直しているの」

「そんな……」

ユゼックは、肩を落として再び階段を上り出す。しかし、そのうちに無言になった。

「……」

わかる、と私は言葉には出さずに共感する。初めての人にはこの階段は、なかなか手強いのだ。喋る余裕がなくなるくらいに。ユゼックの息が切れるほど上がったところで、ようやく扉が現れた。

「はい、お疲れ様でした」

慣れた様子で、バーシア様が言う。

「今からお見せするのは、大時計台の文字盤の裏側です」

私が歯車を光らせたあの場所だ。私も訪れるのは久しぶりだった。

「心の準備はいいかしら？」

「お願いします」

息を整えたユゼックは、祈るように両手を合わせて頷く。

バーシア様はゆっくりと、古い木の扉を向こう側に押した。

「おおお……」

喉の奥から声を出したユゼックが、恐る恐る中に足を踏み入れる。

その後に続くように、私とエドゼルは並んで部屋に入った。

最後に入ったバーシア様が、バタンと扉を閉める。

私たちは入口に背を向けるようにして、横一列になった。

以前と同じように、窓がないのにほの明るい光に満ちている。

何度来ても、身が引き締まった。

「まるで大きなすりガラスのようですね……」

ユゼックが目を離さずに言う。

裏側から見た針のない文字盤は、ぼんやりとした白い光だけを通しているのだ。

「文字盤に刻まれているという古代語は、こちらからは見られないのですか？」

ユゼックはあちこちに視線を動かしながら聞いた。バーシア様が穏やかに答える。

「時の流れを喜ぶ詩と言われているものね。長い歴史の中でかすれて読めないのよ」

「普通の文字盤の下に隠されているという噂は……」

ユゼックは名残惜しそうに呟いたが、バーシア様は笑った。

「初めはそうだったかもしれないけれど、あまりにも年月が経ちすぎたわ」

征服の印なのかどうか、アンテヴォルテン王国の初代の王が古代語の上にわざわざ普通の文字盤を置いたと言われているのだ。

「施政者というのは余計なことをするものですからね」

エドゼルが肩をすくめる。

「そう言われないように気を付けますよ」

「王太子殿下なら大丈夫だと信じていますよ……それにしても、こんなに歯車が」

ユゼックは文字盤の周りに視線を動かした。文字盤を縁取るように、数多くの歯車が動いている。

「大きさも動きも、それぞれ違うんですね」

「素早く動くものもあれば、ゆっくりとしか動かないものもあるの」

「興味深い……」

ユゼックは、次に床に目を落とした。文字盤の近くの床には、いくつかの穴が空いていて、どこからつながっているのかわからない細い鎖が、歯車によって動かされ、その穴に垂れ下がる。

「原理は私にもわからないの。絶対に触れないでね」

バーシア様が私を見て笑った。

はい、と私は小さな声で返事をする。

今思えばうっかりとはいえ、よく歯車に手を伸ばす気になったものだ。

ずっと文字盤の裏側を見つめていたユゼックが、大きな息を吐いた。

「薄れた古代語、原理もわからず動く歯車……自分の中にラノラトの血が流れていてよかったと、これほどまでに思ったことはありませんよ」

どういう意味かわからず首を傾げる私たちに、ユゼックは自嘲気味に呟く。

「さすが、大聖女様たちと、アンテヴォルテン王国の王太子殿下です……この部屋にいて平然としていられるなんて」

——平然と？

私もバーシア様もユゼックの言わんとすることがわからなかった。エドゼルだけが困ったように笑う。

「私も、多少感じますよ。この圧迫感」

「多少でしょう⁉」

「それはまあ。一応、この大時計台の鐘の音を、毎日耳にして生活していますから」

「どういうことなの？」

「大時計台は他国の人にとってはとても威圧感のある建物らしいよ」

私が聞くと、エドゼルはあっさり答えた。だが、私にはまったくわからなかった。

「威圧感？　大時計台が？」

「たまに聞くわね。大きいからじゃない？」

バーシア様の言葉に、ユゼックは首を振る。

「私もそう思っていましたよ。でも、この場所に来てわかった。ここは特別なんです……まさに、聖域だ……空気が違う」

「違うって言われても」

「よくわかりません」

顔を見合わせて首を傾げる私とバーシア様に、ユゼックは天井を指した。

「見られている気がします」

つられて上を向くが、そこはただの古い天井だ。なのに、ユゼックは言う。

「ラノラトの人たちはここにいるんですよ」

——ここにいる？

「いないわよ」

バーシア様の言葉に私も深く頷いた。

「なんていうのかな……気配……居場所……爪痕……そんな感じです」

「気配。居場所。爪痕」

私は思わず繰り返した。ユゼックが満足げに頷く。

「そうです」

――わからないようでいて、少しわかる気がした。

戦いを好まなかったラノラトの民は、王国ができるはるか前にいなくなった。

だけど、その存在は詩となって伝えられている。

――人は死ぬと、時間も空間もない場所に行くと考えたラノラトの民。

時間の流れを感じることは生きている証拠だからと、あらゆる時計を大切にしていた。

そんなラノラトの民のこちら側の居場所が、ここ（大時計台）だったとしても驚かない。

ユゼックは、天井から忙（せわ）しなく動く歯車に視線を移す。

「私の父はマルニ帝国の時計職人だったんですよ」

「神官だったんですか？」

「いいえ、ただの職人です」

どういうことかと顔を見合わせる私とバーシア様に、エドゼルが補足する。

「我が国以外では時計職人は、大工や鍛冶屋のような技術職なんだ」

――技術職――

「そうなのね」

「知りませんでした……」

私とバーシア様は口々に呟いた。意外だったのだ。アンテヴォルテン王国では、時計職人は神殿に所属するのだ。

——私、何も知らないわ。

ひそかに反省する私に、エドゼルはどこまでも優しい。

「周辺国で職人が増えてきたのは最近だし、王妃教育でもそこまでは習わないだろう」

「これからがんばるわ」

「無理しなくていいよ」

そういうわけにはいかない。エドゼルはすぐに私を甘やかすのだ。

そんな私たちのやり取りをよそに、バーシア様がユゼックに尋ねる。

「では、ユゼックも時計を作れるの？」

「すぐに諦めました。不器用でね。じっとしているのがとにかく嫌だった。だけど父の歌は好きだった」

「歌？」

「父はよく、ラノラトの詩に音階を付けたものを作業中に歌っていたんですよ。私がラノラトに興味を持ったのはそこからです。時計職人を諦めてすぐに、いろんな国を放浪しました」

「なぜ放浪？」

「ラノラトの研究をするのに、帝国だけでは資料が足りなかったんです。もちろん真っ先にアンテヴォルテン王国に来ましたが、この国の研究は意外と深みがないというか、物足りなかったんで他の国も周りました」

古代語の専門家のリネス先生が聞いたら怒りそうなことを言う。

だけど、バーシア様は納得したように頷いた。

「この国の人たちにとって、大時計台と大聖女の解説はそれほど必要ないってことかもしれないわ」

「そうなんでしょう。理屈なんていらないんですよ。目の前に大時計台と大聖女様がいらっしゃるんだから」

ユゼックは腕を組んだ。その職人のような大きな手を見て、私はふと尋ねる。

「ユゼックもスールが出せるんですよね」

以前、エドゼルが論文にそう書いてあったと教えてくれたことを思い出したのだ。

「多少ですよ」

なぜか急に小さな声でユゼックは答える。だけど私の興味は収まらない。自分以外でスールを出せる人が目の前にいるのだ。

「ご家族の皆様も、スールを出せるのですか？」

「いいえ。父も母も妹も、出せませんし、見えませんでした」

「妹さんがいらっしゃるんですか？」

バーシア様まで興味を惹かれたように言った。ユゼックは誇らしげに頷く。

「ええ。私と違って時計作りの才能がある妹でね。職人として早々に独り立ちして、家の跡を継いでくれました。不出来な兄と違って、しっかりしている」

――女性の時計職人さん！

私は目を丸くする。バーシア様も感心したように言った。

「さすが、帝国ね」

「帝国でも珍しいんですよ」

と、それまで黙って話を聞いていたエドゼルが、ゆっくりと口を開いた。

「せっかく研究者であるユゼックが来ているんだ。ヴェロニカ、もしよかったらスールを出してもらえないかな？　少しでいい」

「ぜひ、お願いします！」

ユゼックの目が今日一番の輝きを見せた。

「私も見たいわ」

バーシア様にまで言われたら、断れない。

「わかりました」

頷いた私は深呼吸して、上を向く。皆が少し後ろに下がって、場所を空けた。

スールを出すためには、心の蓋を開けなくてはいけない。

ラノラトの民から伝わる踊りを踊るのが一番いいことは、今までの経験でわかっていた。

――最初は、ゆっくりと。

空気と会話するように私は手足を動かしていく。

動きの意味はわからない。繰り返していくうちに、自分と空気の境目がなくなっていく。

おそらくそれが、心の蓋が開いた状態なのだ。

少しずつ、少しずつ、スールが手のひらから出てくる。

バーシア様にこれが見えるのは確認済みだ。

エドゼルはやはり見えないのか、今も見当違いの方を見ていた。

驚いたのはユゼックだ。

ユゼックは明らかに私のスールを目で追って、それからなぜか——歌い出した。

不思議な音階がその部屋に響き渡る。今まで聞いたどの音楽とも違った。

寂しいような、悲しいような、冬の始まりを告げる冷たい風のような歌だ。

ユゼックの発する言葉が歌詞なのかわからない。出鱈目な単語なかのもしれない。それでも、その歌を聞いた途端、私はもっと体を動かしたくなった。

歌に乗せられた悲しみを集めて、手のひらで広げる。例えるなら、そういう感覚だ。

広げることによって、悲しみは多くの人に届き、共感を生む。

——言葉はわからないけれど、これはきっと大切な人に誤解された誰かの歌。

わかってほしい気持ちがひしひしと伝わる。

わかってほしい。そんなつもりじゃなかった。わかってほしい。

歌に込められた、どこにもいけなかった悲しい気持ちが解放されていく。

と、バーシア様が目を見開いた。

私も瞬（まばた）きを止める。

私の両手からスールが、勢いよく飛んでいったのだ。今までにないほど、たくさん。

触媒に触っていたら、確実に時を巻き戻っていた量だ。

呆気に取られてそれを見守っているうちに、私は自分が肩で大きく息をしていることに気付く。

——何……これ……苦しい。

そんなに長い時間踊っていなかったのに。

「座って、ヴェロニカ。疲れただろう」

エドゼルが上着を床に広げる。

この場所には椅子はもちろん、家具も何もない。私はエドゼルの好意に甘えてそこに腰を下ろした。

バーシア様もストールを貸してくれたので、膝の上に乗せる。

「驚きましたね」

ユゼックが興奮を隠し切れない様子で言った。

エドゼルが、ユゼックに問いかける。

「ではやはり、ユゼックにも見えたんだね。スールが」

はい、とユゼックは答えた。

「私は今まで自分のスールを自慢に思っていたけれど、ヴェロニカ様のスールには……打ちのめされた。光も強く、大きい。時を巻き戻せるだけはある……ヴェロニカ様にはやっぱりラノラトの血が入っているんでしょうね」

「私に……ラノラトの血が……」

薄々そんな気はしていたが、あらためて言われると不思議な気がする。

ラノラトのことを教えてくれたのはお母様だ。

――ということは、お母様もラノラトの血を引いていたの？

何も聞けなかった。聞きたかった。

――だから、ずっとわからないまま。

ユゼックは、再び文字盤の裏側に目を向けた。

「文字盤に、長針と短針を付けるための穴がありますね」

確かに、文字盤の中央には短針と長針を固定するのにちょうどいい穴が空いている。私とバーシア様にとっては見慣れて何も思わないものだったが、ユゼックは感心したように言った。

「ということは、昔の人は、この部屋でスールを出していたのかもしれませんね」

――この部屋でスールを？

「どういうことですか？」

エドゼルが私と同じ疑問を口にする。

ユゼックは部屋中を見回しながら説明した。

「スールは時間そのものでしょう？　ここでスールを出すと、針が動くから、人々に影響を与える。だから外した。つまり、もともと針はあったんですよ！　これはここに来なければ出てこなかった仮説だなあ」

バーシア様の片方の眉が一瞬だけ上がったのを、私だけが見逃さなかった。ユゼックもエドゼルも、気づかない様子で天井を見上げている。

「この一番上、大時計台の尖塔に、鐘が吊られているんですよね」

「ええ。普通は時計台の歯車と連動しているんだけど、ここの鐘はどこにも連なっていないの」

そう答えるバーシア様はいつものバーシア様で、さっきのは私の見間違いかと考え直した。

ユゼックは首が痛くなりそうなくらい、天井をずっと見つめている。

「だけど鳴る……時計職人である父からすれば、この大時計台はすべての時計の源流だそうです」

「源流？」

「この大時計台の鐘を目指して、皆、時計を作っていったんじゃないですか。すべての時計はここから始まったんです」

私は外側から語られる大時計台に不思議な感覚を覚えた。

バーシア様も同じように思ったのかもしれない。やっと視線を天井から外したユゼックに向かって、呟いた。

「この国にも、今は普通の時計があるわ」

「そうでしょうね」

「鐘が鳴らなくても時間はわかるのに、祈らずにはいられないの。不思議なものだわ」

バーシア様がそんなことを言うのは珍しい。私が黙って聞き入っていると、ユゼックが今度は、文字盤の裏側から目を逸らさず答える。

「この国は、ラノラトに祝福されているのかもしれませんね。だからこそ、大聖女という恩恵が時折与えられる」

大聖女という恩恵。

――その言葉は、長い間私の中に残った。

‡

私の体調はその後すぐに戻った。

大丈夫だと言っているのにエドゼルが私を抱き上げて運ぼうとしたが、なんとか手を取ってもらうだけで大時計台を下りることができるくらいには。

見学を終えてから、当初の予定通り、バーシア様のお屋敷でお茶を飲む。

「うまい！　なんてうまいクッキーなんだ！」

ユリアさんのクッキーをユゼックは大絶賛した。そうでしょう、そうでしょうと頷きながら、私とエドゼルもお茶とクッキーをいただいた。

「そういえば、あの歌はなんだったの？」

バーシア様がユゼックに聞く。ユゼックはクッキーのおかわりを頼んでから答えた。

「私が作ったんですよ」

「てっきり、お父様が歌っていたものかと思ったわ」

同感だった私は、バーシア様の言葉にうんうんと頷く。ユゼックは山盛りにされたクッキーを受け取りながら言った。

「父が歌っていたものと似ているんですが、同じのばかりで飽きてしまって。でも、基本は古代語の詩で、自分で音階をつけたんです。私の場合は、踊りより、その方がスールが出る」

なるほど、と私が納得していたら、バーシア様は思い出したように口を開く。

「そういえば少しだけど、あなたからもスールが出てたわね。あなたも時を戻せるの？」

ユゼックは苦笑いした。

「死ぬ気で頑張って数秒ですよ。誤差の範囲だ。ヴェロニカ様とは比べ物にならない」

「そういうものなのね」

頷いたバーシア様はお茶を飲みながら、いつものように気さくに言う。

「さっきのヴェロニカのスール、いつもよりはっきりしていたわ。あれなら、正妃様にも見えるんじゃない？」

——正妃様って言っちゃってる！

私はヒヤヒヤしたが、ユゼックは動じずに答えた。

「王太子殿下には見えなかったくらいですから、エレ王国の王女様にはさらに見えないでしょう」

どこまで知っているのかわからないが、いろいろと詳しそうな含みがある。

エドゼルが穏やかに口を挟んだ。

「正妃様にスールが見えなくても、代替わりの儀式を行うことで、ヴェロニカが大聖女になることに変わりないよ。今までは別に証拠なんて見せなかったんだから」

「そうね。放っておけばいいのよ……いじ……なんでもない」

明らかに意地悪正妃様と言いかけたバーシア様だったが、私の視線に気づいて止めてくれる。

「エレ王国は、温暖で自然が豊富な国ですから、どちらかというと自然信仰が強いんですよ」

ユゼックが研究者らしい口調で言った。

「自然信仰？」

「大木や巨岩などを神格化して崇めているんですよ」

頷きながら、私はウツィア様の温室を思い出す。

可愛らしいもの、美しいものをこよなく愛するウツィア様は、エレ王国の植物が育つ温室を大事にされていた。

もしかしてあれこそがウツィア様の聖域だったのかもしれない。

――めちゃめちゃに壊されたと聞いたけれど、犯人は捕まったのかしら。

ユゼックが付け加える。

「歴史があるとはいえ、人工物である大時計台と、それを司る大聖女を感覚的に受け入れられないのかもしれませんね」

「だからと言ってこちらを軽んじていいわけはないわ」

バーシア様は肩をすくめた。

その言い方から、やはり過去にいろいろあったことがわかる。

「そういえば」

ユゼックが思い出したように私を見つめる。

「ヴェロニカ様は、大聖女を詐称した女性を捕まえるために大掛かりな時戻りをしようとしたとか。それ、もうしないほうがいいですよ」

「え？」

なぜ、と聞く前にユゼックは言った。

「下手したら死にます」

「えっえっ？」

――死ぬ？

エドゼルが意気込んで頷いた。

「ですよね？　そんな気がしたんです」

「大聖女様ならもしかして大丈夫かもしれませんが……危険な賭けではありますね」

「そ、そんな大変なことなんですか」

「時の流れからすれば我々は、さっきの大時計台の歯車のようなものなんです」

「……歯車」

「歯車の動く方向は決められているでしょう？　でも時戻りの能力はそれに逆らう。普通の人間なら耐えられなくて死にます。多少なら大丈夫でしょうけど、大掛かりな時戻りはやめた方がいい」

「わかりました」

私よりも先にエドゼルがそう答えたが、私はすぐには頷けない。

「でも、だとしたら、私はなんのために大聖女に……」

ただでさえ、バーシア様やタマラ様みたいにわかりやすく皆の役に立つ能力じゃないのに、時戻りまでできないなんて。

「ヴェロニカがそこにいて祈りを捧げるだけで十分じゃないのかな」

エドゼルの言葉に、ユゼックも頷いた。

「その通りです。理由なんて後できっとわかる」

「そうね。大聖女も時の流れの歯車のひとつだから、広い意味での役割があるのよ。人間が推し量ろうなんておこがましいわ」

バーシア様まで優しい。

涙ぐんだ私がお礼を言おうとしたら、膝に置いていた手をエドゼルに握られた。

「え、え、エドゼル？」

驚いて涙も止まる。

「大聖女だけど、ヴェロニカはヴェロニカだ。歯車じゃない」

ひゅう、とユゼックが小さく口笛を吹いた。エドゼルは構わずに続ける。

「僕の大事な人だ」

「エドゼル⁉　わかったから！　もう落ち込まないから！」

「なかよしねえ」

「いいことですよ。大聖女と王室の仲が良好なのは」

バーシア様とユゼックが頷き合った。

私はどうしていいかわからず、小さな声でありがとうと呟く。

‡

その後、私はエドゼルが用意してくれた馬車で公爵家に戻った。

ユゼックは街の宿屋にひとりで歩いて向かった。

エドゼルは馬車の中で私に説明する。

「根無草さんは代替わりの儀式までこの国の宿屋に滞在するそうだから、また会えるよ」

エドゼルの説明に私は頷く。確かにユゼックなら、この機会を絶対に逃さないだろう。

「リネス先生からも一番いい席を用意してくれって言われているわ」

「ユゼックの隣にしたら揉めそうだな」

「どうかしら。ああ見えて、リネス先生は意外と面倒見がいいわよ」

ユゼックとリネス先生が一緒に研究することを思い浮かべた私は、ふと尋ねる。

「でも、どうして宿屋なの？　宮殿に泊まらないの？」

エドゼルの招待で訪れたのなら、宮殿でもてなしを受けるはずだ。

「もちろん部屋を用意すると言ったんだが、窮屈なのは嫌だそうだ」

「根無草ですものね」

「ヴェロニカ」

納得する私に、エドゼルが突然顔を近付ける。長い睫毛(まつげ)が私に迫った。

――ち、近い！

「な、何？」

私は、動揺を隠しながら尋ねる。

エドゼルは真剣さが伝わる口調で言った。

「正妃様がなんと言おうと、絶対にヴェロニカと結婚するから」

わざわざ言ってくれるところがエドゼルの優しさだと思いながら、私は頷く。

「わかっているわ」

エドゼルは、ほっとしたように体を後ろに引いた。

「父上が反対してもだ」

――陛下が反対したら、なかなか難しいんじゃないかしら。

冷静にそんなことを考えてしまったが、もちろんその気持ちは嬉しい。私は素直にお礼を述べた。

「ありがとう」

「というか……」

エドゼルは腕を組んで、考え込むように付け足す。

「卒業まで待つ意味あるかな？　卒業前に結婚してもいいんじゃないかな」

私はあっさりと首を横に振った。

「ダメよ」

「どうして!?」

「王太子殿下がそうしたんだからって、学生結婚が流行しそうだもの」

王族のすることをなんでも真似する風潮が一部にあるのだ。

ドレスの形やアクセサリーくらいならたわいもないけれど、学生結婚は影響が大きそうだ。

「私、最近わかってきたわ」

少し開けた窓から、車輪が石畳を走る音と心地いい風が入ってくる。

「エドゼルのそういうの、冗談だと見せかけてかなり本気よね？」

「ヴェロニカのそういう冗談は好きだよ、僕」

冗談じゃないんだけど、とは言えなかった。エドゼルは手を伸ばして、私の髪を直す。自分の髪が乱れていたことに気付かなかった私は、少し焦った。

「夏至まで一ヶ月か。楽しみだね」

エドゼルは私から目を離さずに言う。

「緊張するわ」

照れた私は自分の膝の辺りを凝視しながらそう答えた。

「大丈夫。一番近くで見ているよ」

エドゼルの声はずっと優しいままだ。婚約パーティのときを思い返した私は本心から言う。

「それなら、大丈夫かもしれない」

――あのときの安心感。心強さ。

「最近、つくづく思うのよ。エドゼルが近くにいてくれたら私は大丈夫って……どうしたの？」

返事がないので顔を上げると、エドゼルは両手で顔を覆っていた。珍しい。

「酔ったの？　大変！」

「いや、大丈夫。うん」

馬車に酔うエドゼルは初めてだ。

だけど、すぐに元気になったようで、窓の外に顔を向ける。

「こうしていると落ち着いた。いい季節だ」

そう言われて、私も同じように外を眺めた。

「本当ね」

ゆっくりと流れる景色の中に、背の高いミナの花を見つける。街道脇に咲いていたのだ。もうそんな季節と思うのと同時に、ウツィア様を思い出す。

ミナの花は、ウツィア様のお気に入りのひとつだった。

一番はルウの花だが、あれは温室でしか育てられない。次に好んでいたのがミナの花だ。満開の時期に合わせていつもお茶会を開いていたが、今年は当然呼ばれていない。寂しくはあるが、今の状態で呼ばれても和やかに花を見ることはできないだろう。

「どうしたの？」

黙り込んだ私に今度はエドゼルが心配そうに尋ねる。

「なんでもないわ」

私は微笑みを作った。

爽やかな風が私とエドゼルを包む。

風で揺れるエドゼルの黒髪を眺めながら、私はもう一度笑った。

――ウツィア様から、ミナの花のお茶会の招待状が届いたのは、その翌日だった。

第三章　ミナの花のお茶会

お茶会当日、アマーリエは心配そうに、玄関ホールで何度も何度も私に確認した。

「本当に行くの？」

「ええ。正妃様のお誘いをお断りするわけにはいかないでしょう？」

聞かれるたびにそう答えたが、アマーリエは不服そうだ。

「でも、パーティであんな態度を取られたのよ？」

それはそうだ。

「しかも、こんな急に。招待するつもりがなかったのは明らかじゃない。行けばどんな嫌味を言われるか」

アマーリエの心配はもっともだったが、せっかくなので私は行くつもりだった。

「欠席したらしたで、また何か言うに決まっているわ。大丈夫、さっと終わらせて帰ってくるから」

まだ何か言いたそうなアマーリエに、くるっと回って見せた。

「それより、この格好で大丈夫かしら。どう？」

派手すぎず、地味すぎないギリギリのラインを攻めた今日の格好は、薄いピンクのデイドレスだ。スカート部分はあまり膨らませず、袖の膨らみも控え目だ。

「庭園でのお茶会だし、昼間だから、飾りは少ない方がいいと思うのよね」

その代わり、帽子には羽飾りをつけて、ドレスより濃いピンクの小さな手提げ鞄を持っていく。

アマーリエは眉を下げながらも、きちんとチェックしてくれる。

「ええ。大丈夫。とてもかわいいわ」

「ありがとう。行ってきます」

私は笑顔でそう言った。アマーリエはそれでも心配そうに付け足す。

「気を付けてね。ブロースには離れないように言ってあるから」

「わかった」

御者のブロースは護衛も兼ねているのだ。フローラが見つかっていない以上、油断はできない。

「一応、手は打っといたけれど……」

アマーリエがぼそっと呟いたが、ブロースのことだと思った私は聞き流した。

気が重いことは確かだったが、私はまだほんの少しだけ期待も抱いていたのだ。

顔を合わせる回数が増えれば、またわかり合えるのではないかと。

——もちろん、そんな甘い考えはすぐに打ち砕かれたけど。

‡

宮廷のミナの花が植えられた庭園の一角が、お茶会用に設えられていた。

「ご招待いただきありがとうございます」

レースをふんだんに使った華やかなドレスを着たウッィア様が出迎えてくれる。

「あら、いらっしゃい。次期大聖女様」

もう、ヴェロニカちゃんとは呼んでもらえないのだと思いながら、私は淑女の礼をした。

テーブルの上に、香りの良いお茶と、色とりどりのクッキーやケーキが出されている。

私は一番端のテーブルに着いた。ウッィア様付きのメイドが、さっとお茶を淹れる。他の方たちも席に着いたようで、緊張をはらみながらも、穏やかにお茶会は始まった。

「今年も綺麗に咲いてくれたわね」

一番真ん中の席に着いたウッィア様は満足そうに、ミナの花を見上げる。

私も周囲のミナの花を眺めた。ふわふわとした青やピンクの儚げな花弁が可愛らしいが、大人の背丈を軽く越える高さがある。

それでも、首が痛くなるくらいずっと眺めたくなる、不思議な魅力の花だった。

一年草なので秋が来る頃には枯れてしまうが、短い期間で人の背を越えるほどの高さに成長することから、一生懸命さや努力の象徴として好まれていた。

その花を見上げながら愛でるのが、今日のお茶会の目的だった。

――一応は。

招かれた令嬢や夫人たちが、ウッィア様の言葉に次々と賛同する。

「本当に。ここのミナの花を見るのが、毎年の楽しみですの」

「綺麗ですわ」

「ええ。私もそう思いますわ」

そして、流れるように自然に、ウッィア様自身を褒め出した。いつものことだ。

「けれど、ミナの花よりもウッィア様のお美しさが格別で」

何を言っても裏目に出そうな私は黙って聞いている。

「花も、ウッィア様のために咲いているんですわ」

ウッィア様は気をよくしたように、お茶を味わいながら呟いた。

「ミナの花のいいところは、一年で枯れてしまうところね。寂しいけれど、思い切りがいいわ」

私以外の皆が一斉に頷く。

「さすがウッィア様ですのね。私なんて寂しがってしまってダメですわ」

「そこがいいところだと言えるウッィア様、素敵ですわ」

「やっぱり、正妃様は違いますわね」

ウツィア様は微笑んで付け足した。

「人もそうだといいのにね」

――ほら、来た。

場の空気が緊迫したが、予想していた私は平然とお茶を飲み続ける。ウツィア様がそのまま花を眺めるだけで終わることはないとわかっていたからだ。

案の定、ウツィア様は切なそうに目を細めながら呟いた。

「一度きりだから美しいことってあるわよね。婚約破棄したからって、すぐに次の婚約者を見つけるなんてあり得ないわ」

さすがにこれはあからさますぎて、お茶を吹き出しそうになった。この場の招待客で、先日のパーティの件を知らない者はいない。

「本当にそうですわ！」

「そうあるべきですわね」

嬉々として同意したのは、あのときバルコニーで顔を合わせたルボミーラ嬢とマグダレーナ嬢だ。

赤毛のミヒャエラ嬢は、気まずそうに目を伏せている。

意外なのは、それ以外の人たちも素知らぬ顔でお茶を飲んだり、花を眺めたりしていたことだ。

――どうしたのかしら。

拍子抜けした気持ちで私は、周囲を見回した。てっきり集中砲火を浴びるものだとばかり思っていたのだ。

皆、ハーニッシュ公爵家に気を遣っているのだろうか。あるいは、エドゼルに？

――まあ、いいか。どちらでも。

婚約破棄してすぐエドゼルと婚約したことは事実なので、私はのんびりとお茶を楽しむ。さすが、いい香りの葉を使っていた。

それが気に入らなかったのか、ウッィア様は攻撃の矛先を変え始める。

「花も土壌が悪ければ美しい花を咲かせないもの。やっぱり、ガヴァネスに育てられるとああなるのね」

そこで私は静かにカップを置いた。

私だけでなく、アマーリエのことまで馬鹿にするのはいただけない。

「あら、どうかなさったのかしら？　次期大聖女様」

ウッィア様は嬉しそうに私を見る。

そういうところはデレックに似ているとしみじみと思った。人の感情をわざと逆撫でして怒らせてから、たいしたことじゃないのにと笑うのだ。

「ふふ。どうなさったのかしら」

ここで怒ったらウッィア様の思惑通りなのはわかっている。かといって我慢するつもりもない。

私は、王妃教育で培った作り笑顔でウッィア様に向き直った。

「ウッィア様。ミナの花がどうして一年で枯れるかご存知ですか？」

その言葉に、皆、不思議そうに顔を見合わせる。考えたこともなかったと言いたげだ。

私はミナの花に視線を移す。背の高いその花は、風に揺れても倒れない。

——美しくて、頼もしくて、潔い。

「ミナの花は、夏の終わりに、たくさんの種を残します。一年で枯れるのはそのためだと義母から教わりました。種を作るのに生命力を注ぎ込むんですって」

なるほど、というように何人かが頷いた。

「次の世代に繋げることが大切だと、花もわかっているのですよね」

私の言葉に誰もが黙った。次の世代とは、言うまでもなくエドゼルと私のことだから。

——いずれ、世代交代は必ず起こる。

そういう意味だ。

つまり、正面から喧嘩を買ったのだ。

しんとした中、ウッィア様が低い声で聞く。

「どういうことかしら？」

「ミナの花の話ですわ。ウッィア様ならわかってくださると思いましたけれど」

——いつでも、受けて立ちます。

そんな気持ちでウッィア様の視線を受け止めていると、どこからか、くすくす笑いが聞こえた。

「……え？」

「誰……？」

ルボミーラ嬢とマグダレーナ嬢が呟いた。

他の皆も、困惑したように周囲を見回す。明らかにそれはこの場に相応しくないものだった。

つまり、私への援護だ。

――でも、一体どなたが？

心当たりのない私が、視線を動かすと、ひとりの貴婦人が奥の席からこちらに移動するのがわかった。アマーリエより少し年上くらいの年齢の、品のいい女性だ。金髪をまとめていて、紫のドレスを着ている。

「何が可笑しいのかしら。バルターク侯爵爵夫人」

ウツィア様の問いかけで、私も思い当たった。バルターク侯爵夫人。伝統ある家柄で、先日のパーティにも出席していた。

「いいえ、ちょっと思い出し笑いですの」

バルターク侯爵夫人は、目尻に皺を寄せていかにも楽しそうに答える。

「まあ、はしたない」

遠回しではないウツィア様の非難にも、バルターク侯爵夫人は引き下がらない。さすが、貫禄が違う。

「失礼しましたわ。でも、とても可笑しかった出来事だったもので、つい」

ウッィア様は顎先を上げながら質問した。

「何がそんなに可笑しかったのかしら？」

「先日の王太子殿下の婚約披露パーティのことですわ」

バルタ一ク侯爵夫人の言葉に、その場にいた全員が息を吞んだ。あのパーティがウッィア様にとって楽しいものではなかったことは想像に難くない。

「奇遇ですわね。私もそれに出ていましたわ」

ウッィア様は片方の眉だけを上げて言った。社交の経験のない令嬢ならそれだけで震え上がる迫力だ。

だが、侯爵夫人はまだくすくすと笑いながら答える。

「ええ、いらっしゃいましたわね」

このやりとりに比べたら、さっきの私はまだまだ子どもだ。

変なことに感心しながら成り行きを見守っていると、ウッィア様がなじるように言った。

「今、それを思い出す理由がおありなの？」

ええ、とバルタ一ク侯爵夫人は頷く。

「花は大切にされてこそ美しく咲くものだからですわ」

「なんですって？」

バルタータ侯爵夫人は、すうっと真顔になった。

「放っておかれたら、花も枯れます。当たり前ですよね。そんなこともご存じない正妃様ではないでしょうけれど」

「まあ！　なんてこと！」

ウッィア様は怒り出したけれど、何人かは納得したように頷いていた。

——この方、デレックが私をどう扱っていたのか知っているんだわ。

ウッィア様は何か言い返そうとしていたが、私がその前に口を開いた。

「あの、ミナの花も綺麗ですけど、ルウの花も綺麗ですよね」

ウッィア様はさらに不機嫌そうに私を見たが、私は続ける。

「エレ王国原産のルウの花はとても美しくて、でもこの国は花にとっては寒すぎて温室でしか育てられない」

「それが何か？」

鋭く聞き返すウッィア様に、私はルウの花を重ねずにはいられない。

温室で咲き誇っていた美しいその花。

「バルタータ侯爵夫人の言葉で思い出したんです。ルウの花はエレ王国では手をかけずとも育ちますよね」

「……そうね」

「でも、この国の人がその特性を知らなければ、ルウの花をただの弱い花だと思ってしまいます」

私は正面からウツィア様を見据えて言う。

「私の義母は確かにガヴァネスでしたが、その分、有り余る知恵を私に与えてくれました。私は義母の元で育てられてとても幸せに思っています」

「……ふん」

ウツィア様は一旦黙った。

私はほっと息をつく。

「ヴェロニカ様は何の花が好きなんですの？」

やりとりを見守っていたバルターク侯爵夫人が私に質問した。

私は作り物でない笑顔で答える。

「シュトの花が好きです」

「どうして？　こう言っては失礼かもしれませんけど、少し地味じゃないかしら？」

私は学園の古い時計台の周りのシュトを思い浮かべた。

「そうですね。確かに目立つ花ではありませんが、多年草のシュトの花は、毎年花を咲かせてくれます。なんだか励ましてくれているように思えて、好きなんです」

バルターク侯爵夫人は柔らかい声で言う。

「そう。素敵ですわね」

「ありがとうございます」

なんとなく和やかになった雰囲気の中、ウツィア様がこめかみを指で押さえながら言った。

「くだらない……満開の花を前に枯れるなんて不吉なことを言う人は帰ってくださらない？」

私は頷いて立ち上がる。わかり合えることはなかったけれど、言うべきことは言えた気がした。

「ではこれで、失礼いたします」

「ヴェロニカ様が帰るなら私もご一緒しますわ」

バルターク侯爵夫人のその言葉に、他の令嬢たちも同意する。

「私も」

「私もご一緒します」

そのことに少し驚きながらも、私はウツィア様の背中に向けてもう一度お辞儀をした。

「ウツィア様、ご招待ありがとうございました」

ウツィア様は振り向かなかった。

‡

「ありがとうございました」

帰りの馬車は、バルターク侯爵夫人と二人きりで乗った。

公爵家の馬車で送っていくことを申し出たら、受けてくれたのだ。

「いいえ。私もスカッとしましたから」

向かい側の座席で、バルターク侯爵夫人は朗らかに笑う。

「いつかやり返してやろうと思っていましたの」

深入りしていいものか躊躇う私に、バルターク侯爵夫人の方から切り出した。

「私にも娘がいましてね」

「マーヤ嬢ですよね。確か、一年ほど前にご結婚されたとか」

交流はなかったので知識として知っていただけだが、記憶では特に問題のない縁談だった。

バルターク侯爵夫人は頷く。

「ヴェロニカ様よりひとつ年上なんですけど、外に出るより、家の中で刺繍をしている方が好きなくらい引っ込み思案で困っていたんですけど、幸い、政略結婚の相手の辺境伯のご子息と気が合って、距離がありながらも文通などでお互い気持ちを通わせていたようです」

微笑ましく聞いていた私だったが、バルターク侯爵夫人の口調は、そこから一転苦々しくなった。

「だけど、後少しで結婚式というときに、とある夜会で娘が前王太子殿下の機嫌を損ねることがありまして」

「え」

私は条件反射で身を固くする。

前王太子殿とは、デレックだ。

「前王太子殿下がぶつかった拍子に、マーヤの飲み物が前殿下のお召し物にかかったんです。もちろん、すぐに謝ったんですが、許してもらえなくて」

「でも、ぶつかってきたのは向こうだったんでしょう？」

「前殿下がおっしゃるには、そんなところに立っていたマーヤが悪いと……私も夫も参加していたのですがちょうど席を外していたときのことで、エスコートを頼んでいた甥っ子も気が弱くてね。全部、後から聞きましたの」

——本当にもうデレックは！

過去のことだとわかっていても私は憤りを感じた。

「謝罪して、服を弁償するしかないのでは？」

今となってはどうすることもできないが、つい口を挟んでしまう。

「もちろん、マーヤも甥っ子もそう言いましたが、何が気に入らないのか前殿下は、気分を害したと大勢の中で娘を責め立てたそうです。そんなぼんやりしているから悪いんだ、とかネチネチと。なにしろ当時の王太子殿下でしょう？　我慢して聞くしかなく」

——なんてこと！

気の弱い令嬢相手に大きな態度を見せつけるデレックが目に浮かんだ。

「ですが、ヴェロニカ様」

だが、バルターク侯爵夫人は、意外にも笑顔になってその先を話す。

「その場で、娘を助けてくれた人がひとりだけいらっしゃったんです。その方が収めてくれたから、うまく逃げ出せたようなもので」

「まあ！　よかったですわ！」

デレックの難癖に立ち向かうとはなかなかだと私は胸を撫で下ろす。

「見て見ぬふりをする人も多いでしょうに、勇気のある方ですね」

思わずそう言うと、バルターク侯爵夫人はふふっと声を立てて笑って言った。

「ヴェロニカ様ですよ」

「えっ？」

「やっぱり、覚えていらっしゃらないんですね」

――私？

「私がマーヤ嬢をその場で庇った人だったんですか？」

思わず、おかしな聞き方をしてしまう。

「その通りです」

バルターク侯爵夫人は笑みを残したまま頷いたが、デレックの後始末が多すぎて、どの夜会だったのかわからなかった。

バルターク侯爵夫人は、必死で思い出そうとしている私を見つめながら続ける。

「誰ひとり助けてくれない中で、ヴェロニカ様だけが颯爽と現れて、前殿下を正面から諫めてくださったと、後からマーヤに聞いてどれほどありがたかったか。娘が悪くないこと、こんな大勢の中で令嬢を責めることの不甲斐なさなどを、淡々と前殿下に諭してくださったようですわ」

照れと恥ずかしさを同時に感じながら、私は黙って耳を傾けた。

「怒りの矛先をヴェロニカ様に向けた前殿下は、だからお前は氷のように冷たいとかおっしゃっていたようです。ヴェロニカ様はそれを聞きながらも、娘に今のうちに逃げるように合図してくれた」

「あっ」

私はようやく思い出す。

「あのときの！」

困り果てた可憐な令嬢と、意地悪を楽しむデレックが思い浮かんだ。

その通りだと言うようにバルターク侯爵夫人は微笑む。

「申し訳ありません。すぐに思い出せなくて」

「いいえ。ヴェロニカ様にとってはたくさんある出来事のひとつだったと思いますわ。娘もその後熱を出したり、結婚が早まったりで、お礼を言いそびれてしまったんです。私たちこそお詫び申し上げます」

「いいえ、そんな。顔を上げてください」

座ったまま頭を下げる侯爵夫人に私は慌てて言った。素直に体を起こしたバルターク侯爵夫人は、ちょっとだけ目を細めて呟く。

「……だけど私が腹立たしく思っているのは、どこからかその一件を聞きつけて、娘が悪いと言ってのけた正妃様の方ですの。デレック殿下の言い分を真に受けたのかもしれませんが、それにしてもいただけませんわ」

――なるほど。

「それで今日は助けてくださったんですか？」

バルターク侯爵夫人は、ずっと機会を待っていたのだろう。デレックよりもウツィア様と袂を分かつために、あえて今日、私と手を組んだのだ。

だけど、バルターク侯爵夫人は、穏やかに首を横に振った。

「もちろん、いつかお力になることがあればと思っていました。ただ、今日、私がお茶会に参加することにした直接のきっかけはアマーリエ様です」

「え？」

アマーリエから何も聞いていなかった私は驚いた声を出す。交流があったことさえ知らなかった。

「以前から私とウツィア様の折り合いが悪いと聞いていたんでしょう、あの婚約披露パーティの翌日に、アマーリエ様が私に会いに来てくださいましたの。公爵夫人ともあろう方が、深々と頭を下げてヴェロニカ様に何かあったら味方になってほしいと」

「ありがとうございます……」

アマーリエが手は打っていたと言っていたことを思い出す。侯爵夫人は微笑んだ。

「ですが、アマーリエ様が動かなくても、私は今日のヴェロニカ様の味方をしていましたよ。そう思っている方は多いんじゃないかしら」

「そうでしょうか……」

「変化は必ず起きるんですよ。変わらないものなどないのに、ウッィア様だけがそれに気づいていない」

私はその言葉を胸のうちで繰り返す。

——変化は必ず起きる。

自分への戒めとしても、覚えておこうと思った。

‡

ヴェロニカたちが退出した後、頭痛がするとウツィアはぷいと部屋に戻った。

主役がいなければお茶会を続ける意味もない。取り残されたように呆然としていた令嬢や夫人たちは、仕方なくそれぞれ帰り支度を始める。

ミナの花が植えられた庭園から馬車停めまで歩きながら、ルボミーラは言った。

「ヴェロニカ様ったら、本当に非常識ね」

デレックの婚約破棄以来、ルボミーラは事あるごとにヴェロニカの悪口を振り撒く。先だっての婚約披露パーティのバルコニーで、率先してヴェロニカを悪様に罵っていたのもルボミーラだ。

「やめなさいよ、聞こえるわよ」

そんなルボミーラを止めるのは、いつもミヒャエラだった。今日も赤毛をピッタリと引っ詰めている。

勉強好きのルボミーラは、努力の甲斐あって才媛との誉れ高い。

だが、裕福な家の出ではないため、自分の行く末にいつも不安を抱いていた。ウツィアのお茶会に参加するようになったのも、普通にお嫁に行く以外のチャンスを摑めるのではないかと期待したからだ。

だけど、思っていたものと全然違うことに、最近ようやく気付いていた。

一緒に招待されることが多いことから、ルボミーラとマグダレーナとは自然と行動を共にするようになったが、この二人のことがミヒャエラには理解できなかった。

しかし、それはお互い様のようで、ルボミーラとマグダレーナはミヒャエラを煙たく思っている節がある。

「何よ、ミヒャエラ。いい子ぶらないで」

案の定、今もルボミーラではなく、その隣にいたマグダレーナが口を挟んだ。いつものようにミヒャエラを馬鹿にする口調で言う。

「レンギン子爵家は違うかもしれないけれど、私たちにとったらガヴァネスなんて取るに足らない相手なのよ。そんな人が継母だなんて、ヴェロニカ様もたかが知れているわね」

ハーニッシュ公爵が娘のガヴァネスだったアマーリエと再婚したのは、なかなか衝撃的な出来事だった。上流階級ほど使用人を見下す傾向にあるからだ。

だけど、とミヒャエラは、ミナの花の説明をするヴェロニカの知的な瞳を思い出す。

——ルボミーラたちが言うような性悪な令嬢に思えなかったわ。

そのヴェロニカの継母なら、ガヴァネスであるアマーリエも素晴らしい人なのではないだろうか。

だが、ルボミーラの悪口は続く。

「エドゼル様も何を血迷ったのかしらね」

ルボミーラはずっとエドゼルに憧れていたからと聞き流していたが、さすがに飽きてきた。

ミヒャエラはおずおずと口を挟む。

「でも……この間の婚約披露パーティの様子だと、エドゼル様の方がヴェロニカ様に夢中になっているみたいだけど」

ルボミーラは高笑いした。

「ミヒャエラ、あなたわかっていないわね。エドゼル様は、ヴェロニカ様が大聖女で公爵令嬢だから仕方なくあんな態度を取っているだけよ」

「バルコニーでエドゼル様に責められていた私たちを、ヴェロニカ様はさっと現れて助けてくれたじゃない」

ルボミーラは侮蔑の表情を浮かべる。

「才媛と呼ばれても、そういうところは疎いのね」

マグダレーナも頷く。

「私たちがせっかくエドゼル様に名乗ったのに、あの女が現れて邪魔したんじゃない」

「そうよ。嫉妬したんだわ」

「……あなたたちはそう思うのね」

「当たり前じゃない」

マグダレーナとルボミーラは同級生の名前を上げた。

「ほら、私たちと同じ学年のヘルミーナ・レトガーとヨゼフィーネ・シャイデンも、ヴェロニカ様の信奉者よね」

「ええ。二人とも以前、夜会で酔っ払いに絡まれていたところをあの女に助けてもらったとか」

「それも権力があるからでしょう。威張っているのよ」

黙って話を聞いていたミヒャエラは、唐突に決心した。

「私、ひとりで帰るわ」

いつの間にか馬車停めに到着していた。

いつもなら、ルボミーラの馬車に乗せてもらうのだが、それを断ったのだ。

「ひとりでって、どうするの」

ルボミーラは意外そうな顔をする。

「歩くわ」

「え？　レンギン子爵家までかなりあるでしょう？　足が痛くなるわよ」

「それでも歩くわ」

ミヒャエラが臍を曲げたとでも思ったのか、ルボミーラはうんざりしたように答える。

「変な子ね。勝手にしなさいよ」

「ええ。もう、ひとりで歩けるって思えたの」

「何よそれ」

「ごきげんよう」

精一杯優雅にミヒャエラは言った。心臓はドキドキしていたが、不思議と爽快感がある。

——歩けばいいのよ。

そうしたらいつかは辿り着ける。

——少なくとも、ここじゃないところに行きたい。

ミヒャエラは一歩踏み出した。

‡

一方、頭が痛いからとカーテンを閉めて寝室にとじこもったウツィアは、イライラした気分で枕に顔をうずめて呪詛のように呟いていた。

「やっぱり全部あの小娘のせいなのよ……王太子と婚約して社交界を牛耳るつもりかしら……だとしたら……このままにしておけないわ」

気に入らないと、仰向けになって、豪華な天蓋を見上げる。

神殿も、大時計台も、ウツィアにとってどうでもよかった。

大聖女も神官も、ただの人だ。

自分の方がよっぽど美しいし、敬われるべきだ。

そう思ったウツィアは、ふとツェザリの美しい顔を思い出した。

――あの副神官でさえ、私の魅力にはひれ伏した。

火遊びのつもりで逢瀬を重ねていたが、向こうは本気だったようだ。別れを告げるとショックを受けていた。

「でもあの男……私の大事な温室を荒らすなんて……」

逢引きの待ち合わせ場所にしていた温室が荒らされたのは、フローラが捕まってすぐだった。

時期を同じくして、ツェザリが神殿から逃げたことも耳にする。

フローラを逃したのはツェザリだとウツィアだけが直感で気付いていた。

だが、それを人に言うつもりはない。

どうしてそう思ったのかを追求されると、ツェザリとの関係までラウレントに知られる可能性があるからだ。

幸い、周囲に与える動揺を考えて、副神官であるツェザリの逃亡は公表されていない。知っているのは、ラウレントとウツィア、そして大神官と一部の者だけだ。ウツィアさえ黙っていれば、ツェザリとの仲が表沙汰になることはない。

後は、目障りなヴェロニカさえおとなしくさせればそれでいい。

それもこれも、全部ヴェロニカのせいだからだ。

——デレックが廃嫡されたのも、フローラが逃げたのも、自分の大切にしていた温室が荒らされたのも、全部、あの生意気な大聖女候補様のせい。

突拍子もない理屈だが、ウツィアは本気でヴェロニカが全部悪いと思い込んでいた。

このまますんなりと結婚させるのは、どう考えても癪だ。

そもそも、大聖女という役割がウツィアは気に入らない。自分よりバーシアが敬われているように思えるのだ。

その地位をヴェロニカが継ぐ。デレックではなく、エドゼルの婚約者として。

——気に入らない。

「……どうにかして、あの二人の結婚を邪魔することはできないかしら……うっ！」

考えようとしても、頭痛が激しくなり、ウツィアは顔をしかめる。いつもなら横になればすぐに治るのに、なんだか最近悪いことばかり起きる。

「……お気に入りの指輪も見つからないし」

ウツィアは、ズキズキするこめかみを押さえながら呟いた。

小さな石のついた指輪を常にはめていたのに、気付けば見当たらなくなったのだ。

「あの小汚いローブにでも紛れたのかしら」

記憶では、最後に指輪を外したのはツェザリの前だった。

「それとも、思い出の代わりに持ち出した？」

だとしたら探しようがない。ウツィアのイライラはさらに募った。

「何かスッキリすることは起こらないかしら……エドゼルが浮気でもすれば面白いんだけど、あの堅物……そんなことはしないわよね……となると、回りくどいけど」

ウツィアがよからぬことを企んでいるそのとき。

大時計台が夕刻を告げる鐘がした。今日もバーシアが祈りを捧げているのだ。

しかし、部屋を閉め切って考え事をしていたウツィアには、鐘の音は届かなかった。

‡

同じ日の夜。

大時計台の鐘の音が届かないほど王都から離れたとある村の農家の納屋で、フローラはうんざりとした声で呟いた。

「今日もこれだけ？」

手には硬いパンが握られている。

質素な食事に、粗末な服、キツい労働。

我慢の限界を迎えたフローラはツェザリに毎日文句を言っていた。

「あるだけマシだろ」

ツェザリはにこりともせず、床に座り込んで自分のパンを齧る。

「もう嫌よ。いつまでこんな生活しなくちゃいけないの？」

「地下牢に戻りたいなら、送ってやるが？」

それを言われると黙るしかない。どこだって牢屋よりはマシだ。わかっている。だけど。

フローラはしぶしぶ硬いパンをちぎって食べながら尋ねる。

「あんたは昼間何をしているの」

農作業の手伝いをしているのはフローラだけだった。

顔を隠すローブを羽織って、ツェザリは毎日どこかに出かけているが、頑なに行き先を教えてくれない。

「知る必要はない」

繰り返されるそっけない返事に、フローラは声を尖らせる。

「何よ！　だったらせめて、いつまでここにいるのかくらい教えてよ！」

ツェザリは、納屋の高窓から夜空を見上げ、何かを確かめるように目を細めた。

「あと一ヶ月というところか」

フローラは目を見開く。

ツェザリが具体的に期限を切ったのは初めてだったのだ。

「一ヶ月？　一ヶ月経ったらここから出ていけるの？」

「ああ。一ヶ月後の夏至に一仕事してもらったら、お前を自由にしてやろう。報酬も渡す。それで好きなところへ行けばいい」

「……その言葉、信じるわよ」

「ああ」

先が見えない生活というのは心が荒む。ここだって安全ではない。いつ誰に見つかって牢屋に戻されるのかわからない。

――あと一ヶ月の我慢よ。

フローラは硬いパンを必死で噛みちぎった。

全然美味しくないのに、よく知っているこの味。全部、夢で、やり直せたらいいのに。

どこから？

婚約破棄をさせたところ？　デレックを誘惑したところ？

いいえ、とフローラはパン屑を払いながら思う。あの女と出会ったところからよ。

——全部、あの女のせいだもの。

フローラにとってヴェロニカへの恨みこそが、今の生活を乗り越える糧だった。

「寝るわ」

食事とも言えない食事が終わったフローラは、納屋の片隅の敷き詰めた藁に布を被せただけのベッドに横になる。

行動をともにしている間、ツェザリがフローラに手を出すことは一度もなかった。不能なのだろうとフローラは思っている。

ツェザリが副神官だったという過去を聞いたときは、どうして辞めたのか気になったが、探るつもりはなかった。

時折暗い瞳になることと関係しているのかもしれないが、どうせろくな理由ではない。

明かり取りの窓から差し込む月の光が、ツェザリの革袋に当たって反射する。

今まで気付かなかったが、玉虫色の宝石がついた指輪が、無造作に袋の紐にくくり付けられていた。

フローラは、ふと尋ねる。

「それ、指輪？　どうしてそんなところにつけているの？」

ツェザリは面白くなさそうに呟いた。

「何でもない。ただのお守り代わりさ」

「なんて石？」

「ロヴェ」

「ああ、エレ王国の名産の石ね」

何気なく言うと、ツェザリは驚いたような顔をしてフローラを見た。この旅で初めて見た、人間らしい表情だった。

「な、何よ。心配しなくても盗らないわよ。地味だもの」

見てはいけないものを見てしまった気がして、フローラは慌ててそう言った。

「……さすが宝石やドレスに囲まれた生活をしていただけあるな」

そう答えたツェザリは珍しく口元に笑みを浮かべていたが、農作業で疲れていたフローラはそれ以上は聞かず、体を休めるために目を閉じた。

月が雲に隠れたのか、光が当たっていないロヴェがただの石のように見えたことは覚えている。

‡

ミナの花のお茶会から、一週間が経った。

出かける準備をした私が玄関ホールに向かうと、珍しく昼間から屋敷にいた父と顔を合わせた。

「ヴェロニカ、どこかに行くのか」

心配そうな父を安心させるように、私は説明する。

「パトリツィアと王都でケーキを食べるんです。デボラとブロースが一緒に来てくれますから、大丈夫ですわ」

人の多い場所に行くので、今日は侍女のデボラと御者兼護衛のブロースの二人に付いて来てもらう。フローラの所在がわからない限りそれも仕方ない。

目立たないように、服装もおとなしめの水色のワンピースを選んだが、女友だちと会うからには流行は押さえていた。

父にはわからないと思うけど。

「ああ、メイズリーク伯爵のご令嬢か……気を付けるんだぞ」

案の定、父は私の服装を見て、安心したように頷いた。

「はい。お父様はお仕事ですか?」

「レンギン子爵から急遽会食に呼ばれたから、アマーリエに着替えを選んでもらったんだ」

そう言って笑う父は、格式を感じさせるクラシックな着こなしだ。アマーリエの見立てだとしたら納得だ。

「素敵ですわ」

「ふむ。それでは行ってこよう」

「お気を付けて」

玄関の扉が閉まった瞬間、私はふと思い出した。

――レンギン子爵っていえば。

例のバルコニーで話をした、赤毛をキリリとまとめた令嬢の家だ。

父からレンギン子爵の名前を聞いたことはなかったので、少しだけ首を捻る。最近親しくなったのだろうか。

「……まあ、いいか」

考えてもわからないので、そのまま出かけることにした。

‡

「すっ……ごく美味しいわ」

待ち合わせたカフェで、私はクリームのケーキを口に運んで呟いた。

「そうでしょう」

パトリツィアが向かい側の席で、胸を張る。この店をお勧めしてくれたのはパトリツィアなのだ。

私はうっとりと目を細めながら、フォークを動かす。

「濃厚なのにしつこくないクリームと、すべてを受け止めるスポンジが作り上げる世界に、苺の甘酸っぱさと香り高さが主張しつつ調和を乱さない……シンプルなのに最高の組み合わせね」

「そんなに饒舌なヴェロニカ久しぶりだわ」

「美味しすぎてつい……ああ、でも」

フォークをお皿に置いた私は、深刻な声を出した。

「パトリツィア、どうしよう」

「どうしたの？」

「美味しすぎてもう無くなっちゃった……『季節の果物のタルト』も食べたい」

「追加しなさい」

パトリツィアがさっと手を上げて、給仕を呼んだ。

「こちらに『季節の果物のタルト』ひとつ。お茶のおかわりもね」

「かしこまりました」

「パトリツィア？」

「ここのは小さいから大丈夫よ」

そんなパトリツィアの前には、季節の果物のパフェとバターケーキが並べられている。

「そうね。夕食を軽くしてもらえば大丈夫ね」

運ばれてきたタルトとお茶のおかわりに、私はいそいそと向かい合った。

色とりどりの果物で光っているタルトの断面が、美しい。

「それにしても、やっと二人でお茶が出来たわね」

パトリツィアがしみじみと呟いた。いつの間にかパフェを食べ終わっている。

「本当ね。在学中からの約束だったのに、ずいぶん遅くなっちゃってごめんなさい」

私は『季節の果物のタルト』をじっくり味わいながら答えた。

『王都で人気のケーキ店』にいつか行こうと約束してから、いろんなことがあった。

「お互い、忙しかったのよ」

パトリツィアはあっさりと受け止めてくれる。

私の変化も目まぐるしかったが、卒業と同時にチャーリーと婚約したパトリツィアもかなりのものだろう。私はなんとなくしんみりして、カップに手を伸ばした。

「結婚してもこんなふうに一緒にケーキを食べられるかしら」

パトリツィアはからかうように笑う。

「王太子殿下なら、ヴェロニカが望めば宮殿にケーキ店を作るかもよ？」

「まさか。いくらなんでもそんなこと」

――あり得ないわよね？

「ヴェロニカが幸せになれそうでよかった」

パトリツィアは、温かいお茶の湯気越しに目を細めた。

「私、そんなに不幸そうだった？」

「忙しすぎて見ていられなかったのは確かね」

その通りだったので、私は黙ってタルトを口に運んだ。

デレックが王太子だったとき、私はいつも時間に追われていた。

デレックが自分の仕事をほぼ全部私に回してきたからだ。

当たり前のようにこなしていた私だったけれど、エドゼルが王太子になってからそれがピタッと止まったことに驚いた。無理をさせているんじゃないかと思ってそれとなく聞いても、特に無理もしていないようだ。周りも、エドゼルがエドゼルの仕事をしていると答える。

――それだけで、こんなに楽になるなんて。

デレックがどれほど私に仕事を押し付けていたのか、私はあらためて知ったのだ。

「王太子殿下なら安心ね」

考えを読まれたみたいに言われて、ちょっと照れる。

「私のことより、パトリツィアはチャーリーとはどうなの」

「相変わらずよ」

パトリツィアは涼しい顔で答えた。

「チャーリーは忙しいの？」

チャーリーは、卒業後、文官としてエドゼルの部下になった。

「ほどほどじゃないかしら。正直、前王太子様から今の王太子様になって助かっているって声が現場から上がっているみたい」

「でしょうね」

私は心の底から頷いた。

とはいえ、デレックとウツィア様のことも気になる。給仕が近くにいないのを確かめてから、私は声をひそめた。

「……チャーリーは、デレックのことは何か言っている？」

パトリツィアは表情を変えずに首だけ小さく横に振る。

「特に何も」

「そう……」

「だけど、チャーリーも、在学中からいろいろ思うところはあったみたいよ」

「そうなの？」

意外に思ってそう言ったが、パトリツィアは頷く。

「文官になったのも、チャーリーなりに国を支えようとしたからだって。新しい王太子殿下が仕事熱心なのは、ありがたいみたいよ」

突然の王太子交代だったけれど、エドゼルについてきてくれる人が少なくなさそうで私は安心する。

エドゼルだけじゃない。私もそうだ。

「パトリツィア」

「なあに？」

私は小さい頃から傍にいてくれるパトリツィアに、あらためて告げた。

「ありがとう」

「何に対して？」

「何かしら……一緒にケーキを食べてくれて？」

パトリツィアは小さく笑う。

「ヴェロニカって、そんなに食いしん坊だったかしら？」

「感謝したくなるくらい美味しいのよ」

「気に入ってもらえてよかったわ」

この前の婚約披露パーティに、パトリツィアもチャーリーも出席していた。

ウツィア様が私とエドゼルの婚約を認めないと言ったことを聞いているはずなのに、一言も触れないのはパトリツィアの気遣いだ。

だから、私もそれに甘えてひたすら美味しいケーキを食べる。

「パトリツィアはいつ結婚式を挙げるの？」

「当分先だけど、そのときは出席してくれるかしら」

「もちろんよ」

「チャーリーは、絵が好きでしょう？　結婚式には有望な絵描きを何人も呼んで、完成した絵を並べるギャラリーを作りたいって言っていたわ。自分たちの結婚式をきっかけに、彼らの才能を発揮させられたら嬉しいんですって」

美術部の部長だったチャーリーらしいといえばらしいが、当分先のわりにそこだけ具体的なのは面白い。

「気が早いんじゃない？　よっぽどパトリツィアとの結婚が楽しみなのね」

そんなふうに言うと、待ってましたとばかりにパトリツィアに反撃された。

「他人事じゃないわよ」

「え？」

「それを聞いた王太子殿下が、自分の結婚式にも有望な絵描きを何人も呼びたいって言っていたって聞いたわよ。よっぽど楽しみなのはどっちかしら」

「嘘でしょう？」

——何人もの絵描き？　ていうか、もうそんなに具体的に考えているの？

どちらかというと代替わりの儀式で頭がいっぱいだった私は、なんとなく焦る。

「王太子殿下のことだから、ドレスも何十着って準備するんじゃない？」

すごくあり得そうだと思いつつ、とりあえず否定する。

「そんなに着ないわよ」

だけどパトリツィアは見てきたかのように断言する。

「きっともうドレスの準備に入っているわね。王太子殿下なら」

「まさか。一年も先なのよ？　いくらなんでも早すぎるわ」

パトリツィアは、なぜかちょっと気の毒そうに眉を下げた。

「王太子殿下が何年待っていたと思うの」

「え？　私を？　エドゼルが待っていた？」

「これだものね」

満足そうにバターケーキを食べ終えたパトリツィアはカップに手を伸ばす。

「もし結婚が早まったら、ヴェロニカはどうする？」

「一年以内に結婚式が行われるってこと？」

「ええ」

パトリツィアがお茶を飲んでいる間に考えた。

エドゼルと私の結婚は公式行事のひとつだ。

大聖女の結婚でもあるから、各国に招待状を送らなくてはいけないし、賓客をもてなす準備をしなくてはいけない。国内の高位貴族たちの予定も空けさせなければならないだろうし、簡単に日取りを変えることは難しい。

それにエドゼルにも言ったように結婚を早めると、学生結婚になってしまう。周りへの影響を鑑みても、結婚を早めるなんてあり得ない。

そこまでして結婚を早めたといっても利点はそれほどなく、せいぜい、私とエドゼルが一緒に暮らす時期が前倒しになるくらいだ。

まあ、確かに、結婚を早めるとエドゼルと過ごす時間は長くなる。夜会にも、一緒に出て行って一緒に帰ってくるのだ。同じ場所に戻ってこられるというのはときめきと安らぎを同時に感じる不思議な気分だ。とはいえ一緒の時間が増えるくらいで結婚自体を早めるなんて、どう考えても、どう考えても、どう考えても――

「どうしよう、パトリツィア」

私は困ったように呟いた。

「どうしたの？」

「すごく……嬉しい」

パトリツィアは力を抜いて椅子の背もたれに体重をかける。

「ヴェロニカが幸せいっぱいみたいでよかった」

「ありがと……」

頬の熱さを感じながら私は答えた。

‡

――ヴェロニカとパトリツィアたちが久しぶりの余暇を味わっている頃。

宮廷の執務室で、エドゼルはチャーリーと不穏な話し合いをしていた。

「ヴェロニカに不名誉な噂？」

王太子になってから与えられた広々とした執務室で、エドゼルはチャーリーに向かって問いかける。

「詳しく聞かせてくれ。チャーリー」

「怒らずに聞いてくださいよ」

文官の制服姿で机の前に立ったチャーリーは、気まずそうな顔で肩をすくめた。

「心外ですね」

エドゼルは、明らかな作り笑顔で言う。

「僕がマンネル先輩に怒るなんてあり得ませんよ」

「うわあ……上っ面だけの敬語やめてください」

「いいから、それで？」

促されたチャーリーは、報告書に目を落とす。

「以前の噂はこうでしたよね――エドゼル様と婚約したかったヴェロニカ様は、フローラを使ってデレック様を廃嫡に追い込んだ。『ヴェロニカ様黒幕説』とでも言いましょうか」

「ああ」

エドゼルは不愉快そうに目を細めた。わかっていた反応なので、チャーリーは気にせずに続ける。

「だけど、ここにきて新しい噂が出てきたんです。言うなれば『フローラ黒幕説』です」

「特に新しくないんじゃないか？」

出来事だけ見れば、フローラがデレックを誑かして逃亡したのだ。目新しくもなんともない。

「ヴェロニカ様に対する解釈が新しいんですよ」

「……続けてくれ」

「すべての黒幕はフローラ。ヴェロニカ様はフローラに仲を引き裂かれたデレック様のことを、まだ思っている。仕方なく婚約したもののエドゼル様とは不仲」

どんなに怒るだろうかと思っていたら、意外にもエドゼルは座ったまま腕を組んで穏やかに呟いた。

「もっと仲のよさを見せつける必要がありそうだ」

言いたいことはわからないでもないが、チャーリーは首を横に振る。

「これ以上仲のよさを見せつけたら、副会長……じゃない、ヴェロニカ様が真っ赤になって逃げますよ」

「それ、見たいな」

エドゼルは目を輝かせた。

「勘弁してあげてください。ほどほどが一番ですよ」

「そうか……」

納得したのか、エドゼルは残念そうにため息をつき、いつもの調子に戻る。

「しかし、そんな噂を流してなんの得がある？　僕とヴェロニカが不仲だろうがなんだろうが、結婚することに変わりないし、兄上が王太子に戻ることもない」

そもそも貴族は政略結婚がほとんどだ。不仲なまま結婚する貴族など数えきれないほどいる。

「損得じゃないんですよ、きっと。ただヴェロニカ様に不名誉な噂を流したい、つまり悪意のある者の仕業なだけで」

そして、そんなことができる人物は限られている。

「ああ、うん。どう考えても正妃様が流しているんだろう」

チャーリーは言葉を選びながら発言したが、エドゼルにあっさり肯定された。

「……ですよね」

今も昔も王太子殿下の婚約者で、次の大聖女で、公爵令嬢であるヴェロニカに正面から逆らう者はそういない。

「問題は、こんなくだらないことに協力する者は誰かってことだ。調べてくれ。正妃様にバレないように」

「承知しました」

エドゼルの命令にチャーリーはすぐに頭を下げたが、どう考えてもこれは文官の仕事ではない。

しかし、文官一年目のチャーリーが王太子専属に抜擢された理由はここにある。

『ヴェロニカに関して不穏な動きがあったらすぐに報告してください。相手がどんな身分でも関係ない』

ヴェロニカのことを知っていて、しがらみが少なく、エドゼルより身軽に動ける。そんな自分が、今のエドゼルにとって使いやすいことはチャーリーも自覚していた。パトリツィアと婚約していることも効いているのかもしれない。

そして自分でも意外だったのだが、チャーリーはその役目が嫌じゃなかった。

「もう調べました」

新しい報告書を差し出して、チャーリーは言う。

エドゼルは満足そうに眉を上げた。

「優秀だ」

ありがとうございます、と一礼してからチャーリーはその名前を告げる。

「ルボミーラ・ビーナ伯爵令嬢とマグダレーナ・ボハーチェ子爵令嬢ですね。お二人があちこちのサロンや社交場で新しい噂を流しているようです。大半の者は聞き流していますが」

「……ビーナ伯爵令嬢とボハーチェ子爵令嬢」

エドゼルは心当たりがある顔をした。それからさらに尋ねる。

「レンギン子爵令嬢はいないのか。確か、ミヒャエラとかいう」

「ミヒャエラ……いませんね」

「……さすが才媛と呼ばれるだけのことはあるというべきか、狡猾というべきか」

エドエルは感心したように呟いた。

「その様子では、思い当たることがあるんですね？」

「ある」

でしょうね、と思いながらチャーリーは指示を仰ぐ。

「で、どうします？　放っておいてもいいですが」

エドゼルは指で机をコツコツと叩いた。

「引き続き、ヴェロニカに護衛をつけていてくれ」

「了解です。ビーナ伯爵令嬢とボハーチェ子爵令嬢はどうします」

「大きな動きがないかだけで見張ってくれ。どうせたいしたことできるタマじゃない。正妃様は僕がなんとかする」

「わかりました。あの、差し出がましいことを申し上げますが、このことは陛下にはおっしゃらないんですか？」

「どうせもう知ってるさ」

「そうなんですか？」

「その上で、ニヤニヤしてこちらの出方を観察しているんだ。我が父ながら性格悪いね」

「そんなことまで俺に言っちゃっていいんですか？」

エドゼルは笑う。

「『そんなこと』を外で喋るほど、マンネル先輩はバカじゃないと思っていますよ」

「だから敬語やめてくださいって……了解です」

ヒヤッとさせられながらも、チャーリーはまんざらでもない気持ちを味わっていた。それはデレックについていていたときには味わえなかったものだ。

「フローラはまだ見つからないか」

いつもの調子に戻ってエドゼルは言う。

「騎士団のマックスさんががんばってくれていますが、王都にはいないようです」

「正妃様より、フローラの方が何をしでかすかわからない。警戒を緩めないでくれ」

「わかりました」

チャーリーは、深々と頭を下げた。

「それでは失礼いたします」

「……不名誉な噂くらいで、僕がヴェロニカから離れるわけないのにね」

扉に向かって歩きかけたチャーリーの背後からそんな呟きが投げかけられたが、もちろん聞こえないふりをした。

この腹黒そうな王太子のことを、チャーリーは長年の友人であったデレックより信頼している。

それが喜ぶべきことなのか、悲しむべきことなのかはわからない。

ずっとわからないかもしれないな、と思いながらチャーリーは扉を開けた。

大時計台の鐘が鳴り響く音が聞こえた。

第四章　まるで、なるべくして王太子になったかのような

「何度聞いてもすごいな。王都中に鐘の音が響いている」

根無草の研究者ことユゼックは、長期滞在している宿の食堂で思わず呟いた。

大時計台の鐘が正午を告げたのだ。

「それに驚くってことは、あんた王都の人間じゃないね」

でっぷりと太って人の良さそうな宿の主人が、カブと鶏の煮込みの入った皿を差し出しながら尋ねる。

ユゼックは、美味しそうな昼食に頬を緩めながら頷いた。

「王都に来るのは初めてじゃないんだが、それでも驚くね」

「初めてじゃないのに、鐘の音には驚くのかい？」

ユゼックは匙を手に笑う。

「この国の人は、あれが当たり前になっているんだね」

「てことは、あんた他の国の人なのかい？」

主人は興味を惹かれたのか、ユゼックの前の空いている席に座った。

ユゼックは食べながら頷く。

「そうだ。あんなに腹の底に響く鐘は他の国にはないよ。耳にするたび、びっくりする」

「まあね。大時計台は、この王国だけのものだからね」

宿の主人は、胸を張った。

「王太子交代なんてゴタゴタがあったけどね、大時計台の音が聞こえている限り、この国は大丈夫だ。私なんてそう思うよ」

「なるほど」

デレックに求心力がなかったことは予想できたので、ユゼックは生返事して食べ続ける。

主人は誇らしげに続けた。

「あと、ラウレント国王陛下がいらっしゃるからね」

ユゼックは顔を上げる。

「国王陛下は人気なのかい？」

「少なくてもあの方が国王になってから、飢えたことはないさ」

「……へえ」

なんとなく意外だった。他国ではラウレントの名前はそれほど聞かない。伝統はあるが、取るに足らない国。それが外から見たこの国の印象だ。

——だが国民にとっては住み心地が一番だ。

「結構なことじゃないか」

主人は満足そうに頷く。

「だろう？　まあ、強引で何を考えているかわからないところはあるけどさ。王様ってそんなものじゃないいか」

「そうだな」

ユゼックはあっという間に皿を空にした。

「確かにここの料理は絶品だね。これだけでも来てよかった」

「お世辞がうまいね」

そう返しながらも、主人はまんざらでもなさそうだ。

「うちはもともと食堂がメインなんだ。宿は作物を売りに来る地方の農民のために開けている。今は暇な時期でね」

昼食時なのにユゼックとずっと話をしていたのはそういうことかと、ユゼックは納得する。

「長期滞在って聞いているけど、何か用事かい？」

カラッとしたその言い方には、好奇心以外は感じられない。

「大聖女様が代替わりするんだろ？　その儀式を見たいんだ」

ユゼックもあっさりと目的を話した。

「へえ、よその国の人にそう言ってもらえるのは嬉しいね。有名なのかい」

「どうかな、私は研究者であり時計職人だからね。時計台に興味があるんだ」

「時計職人？　神官なのかい？」

ユゼックは微笑む。ヴェロニカが同じことで驚いていたのを思い出したのだ。

「時計に関してはただの職人だよ。直してほしいものがあれば、簡単なものなら見てやれるが」

「時計は今のところないけど……」

主人はちょっと考えてから、閃いたように立ち上がる。

「あんた、よその国から来たって言ったね？　帝国語、読めるかい？」

「もちろん」

「じゃあ、ちょっと待ってくれ」

主人は、一旦奥に入り、古びた本を手に戻ってきた。

「これなんだけどさ、なんの本かわかるかい？」

表紙に書かれた文字を見て、ユゼックは顔色を変える。

——これは。

「皿を下げてもらっていいかな。悪いが、机も拭いてくれ」

思わず真剣な声が出た。

「あ、ああ」

その様子に主人は驚いたようだったが、言う通りにしてくれた。

綺麗になった机の上で、ユゼックは息を止めてその本をしげしげと観察する。

表紙は薄汚れていたが。中の状態は悪くない。

──表の汚れは新しいもののようだ。どうやら、最近まで大切にされていたようだな。

ということは本物かと、ユゼックははあっと息を吐いてからページをめくる。

「……儀礼……成り立ち……神話……ラノラト」

ところどころシミが浮いていたが、読めなくはない。単語を拾って呟くと、主人が興味深そうに覗き込んだ。

「ラノラトの本なのかい？」

本を閉じたユゼックは脱力する。

「これは……聖典だよ。一部破られているのが惜しいな」

──だが、間違いない。

古い帝国語で書かれたラノラトの教えをまとめたものだ。ユゼックがあちこち探しても見つけられないもののひとつだった。

「しかし、破れたページがあるにしても、こんなところに無造作にあるのが不思議だな……」

由来を聞こうとする前に、主人が不思議そうに言った。

「聖典？　あいつ、そんなもの買い取ったのか？」

「買い取った？　誰が？」

「近くの質屋だよ。食堂のツケを払う代わりに、質草で手に入れたそれを置いて行った。取りに来なかったそうだ。うちにしてもこんなものもらっても金にならないし、どうしようもないんだけどさ、困ったときはお互い様だろう」

なんだかんだ言って人のよさそうな主人は、ただの古い本と思ってそれを受け取ったのだろう。

ユゼックはパラパラと本をめくる。

「ご主人、これ、俺が買い取っていいかい？」

「買ってくれるのかい？　そりゃ、ちょっとでも金になる方がありがたいけど」

「とりあえずこれでどうだい」

ユゼックは金貨を三枚取り出した。

長期滞在するユゼックの宿賃の十倍ほどの金額だった。エドゼルから貰った研究資金のうちの一部だ。

「こんなにいいのかい？　あいつのツケより多いよ」

主人は目を丸くする。

「ツケの金額じゃない。この本の値段だ。ただし、俺がこれをこの金額で買ったことは誰にも言わないでくれ」

ユゼックは声をひそめた。大金を持っていることを言い触らされたくはない。

その辺は心得ているのだろう。主人は金貨を受け取って頷いた。

「わかったよ。誰にも言わないさ。商売は信用が第一だからね」

「ありがたい」

ユゼックは本を片手に立ち上がった。

「その質屋はどこにある？」

「うちの裏手の角にあるよ。行くのかい？」

「ああ、ちょっと気になることがあってね。すぐ戻るよ。ごちそうさん」

ユゼックは本を手に、宿屋を出た。

‡

質屋はすぐに見つかった。

「ここか」

ユゼックは看板の横のドアを開け、中に入る。

店内は薄暗い。カウンターの向こうでパイプを磨いている、白い髭を生やした老人が意外と愛想のいい声で言った。

「いらっしゃい。質草があるならそこに置いてくれ」

ユゼックはすかさず聖典を差し出した。老人はチラリと視線を寄越してから、つまらなさそうに口を曲げる。

「なんだそれ。そんな古い本いらんぞ」

ユゼックは苦笑した。

「元々は爺さんが買い取った本だろ？　宿屋にツケの代わりに渡した」

「宿屋に持って行った本？」

老人はしばらく空中を睨むように考え込んでいたが、やがて納得したように頷いた。

「ああ、あれか。ルッツのとこか」

宿屋の主人はルッツというらしい。ユゼックが頷くと、老人は闊達に笑った。

「ツケの代わりに焚き付けに使ってくれって言って持っていったやつだ」

「焚き付け！」

ユゼックが目を剝くと、老人も意外そうな顔をする。

「なんだよ。そんな大事な本だったのか？」

「知らなければ仕方ないが……まあ、私たちのような研究者にはすごく大事な本だ」

「はあ、あんた、研究者なのか。そうは見えないけど」

「研究者の中でも変わり者なんだ」

「そうだろうな」

「そんなことはいい。この手の本は他にはないのか？」

「いや、そのとき買ったのはそれだけだな」

「どんなやつが売ったんだ？　女か？」

「ん？　男だ。若い。顔は隠していたが、品がよさそうだったんで、その本もいいものだと思ったんだ。没落した貴族のお坊ちゃんかなんかじゃないかって。後で絶対買い戻しに来るかもしれないって言ってたけど、来なかったからルッツに渡した」

「……また来たら教えてくれるか？」

ユゼックは何枚かの銅貨を渡した。老人は遠慮なく受け取る。

「お安いご用だ。他に何か買っていかないか」

そう言われてユゼックは店の中を見回した。

古着に、帽子、旅行用鞄。

——特に目新しいものはなさそうだな。

興味を失いかけたユゼックだが、ふと、カウンターの後ろの棚に置かれている石に目が行った。

「その石はなんだい？」

赤子の握り拳くらいの石が無造作に置かれていた。ユゼックの目を惹いたのは、その色使いだ。一見地味だが、光によって輝きを変える玉虫色をしていた。そういう石は儀式によく使われる。

「ロヴェの石だよ。なかなか大きいだろう」

「ああ、やっぱりそうか」

ロヴェは誕生祝いに用意されることの多い石だ。

生まれたときにこれくらいの大きさの石を用意して、そこから一部を削って指輪にしてずっと身につけておくのだ。

大きい石は家に置き、指輪は移動するときにも身に付ける。そうすることでずっと大地の恵みが得られると言われている。

——いや、待てよ。

そこまで考えたユゼックは、首を捻る。

ロヴェの石を生誕祝いに用意してお守りにする習慣は、この国にはないはずだ。

どちらかといえば、自然信仰の強いエレ王国の風習だった。

——エレ王国？

何か引っ掛かるものを感じたユゼックは、老人に尋ねる。

「爺さん、これは誰が持ってきたんだ？」

「これもさっきと一緒だ」

「没落した貴族風の坊ちゃんか」

「ああ。だが、これはすぐに流してくれていいとのことだった。その分、金をくれと。だが、失敗したな。光に当たらなくては地味だから、売れないんだ。眺める以外、特に実用性もないし。あんた、買うなら安くするよ」

「いや……」

ユゼックは悩んで、銅貨をもう一枚出した。

「今すぐは買えないが、これでしばらくは流すのをやめてくれるか」

眺める以外は実用性がない。確かにその通りだ。

――じゃあ、どうしてその男はこれを持っていた？

そして質に流した？

老人は、つまらなさそうに言う。

「なんだ。金がないのか」

「旅の途中で買うには重いものだろう？　ちょっと考えたいんだ」

とっさにでっちあげた言い訳を老人は信じたようだった。

「まあ、どうせ売れないから構わんが」

「誰かが買いに来たら教えてくれ。ルッツの宿にしばらくいる。ユゼックだ」

「わかった」

「それから、この近くで……薬草の畑はあるか？」

「いや？　薬草なら神殿で育てている。それか、郊外の施薬院の畑だ。そこから業者が売りに回ってくる」

「そうか……」

気のせいかもしれない、とユゼックは思おうとした。だが、あちこちを転々としてきた者の勘として何か繋がりを感じた。

ラノラトの本。

エレ王国由来の石。

そして、もうすぐ行われる代替わりの儀式。

——何かが引っかかるが、何なのかわからないのがもどかしいな。

ユゼックはそんなことを考えながら、質屋を出る。

宿屋に戻るにはまだ日が高い。

遠くに見える大時計台の尖塔を眺めながら、ユゼックは大きく息を吐いた。

「王太子殿下に連絡を取るかな……」

あの王太子殿下なら、自分の話を聞いてくれそうだ。

ユゼックは小さく頷いてから、王宮に向かった。

‡

「それがこの本ですか」

突然現れたユゼックを、エドゼルは王太子専用のサロンでもてなした。

「そうです」

ユゼックは頷いた。

人払いはされており、扉の向こうに騎士は立っているが内密な話はできる。

エドゼルは聖典をパラパラとめくって言った。

「これとロヴェの石と代替わりの儀式と、どう関係あるんですか」

「わかりません」

煌びやかなシャンデリアの下、袖の擦り切れた上着でユゼックはあっけらかんと笑う。

「なんかモヤモヤしたつながりを感じたんで、誰かに聞いてもらいたかったんですよ。そうしたらこの国では王太子殿下しかいないでしょう？」

「それは光栄ですね」

エドゼルはまったくそうは思っていなさそうな笑顔で、ユゼックに本を返した。薄々思っていたが、この王太子殿下は婚約者の前とそれ以外で態度が違う。

返された本を注意深く机の端に置いて、ユゼックは出されたお茶を一口飲んだ。

「うん、うまい！　やっぱり食堂のお茶より美味しいですね」

金の縁取りのカップに入れられたお茶を街の食堂のものと比べるのは自分くらいだとわかっているが、つい言ってしまう。

「お気に召して何よりです」

怒り出す貴族もいるだろうに、エドゼルは平然と受け流して先を続けた。

「確かに、気になりますね……聖典がどうしてそんなところに流れていたのか。神殿関係者が関わっているなら、大事だ」

「あ、先に断っておきますが、私は犯人探しをしたいわけではありません。さっきも言いましたが、なんだかモヤモヤする。それだけなんですよ。でも大概、モヤモヤを放置したら後悔するので」

堂々とそう告げるユゼックに、エドゼルは呆れた顔を見せる。

「漠然とした話すぎやしませんか？」

ユゼックは日焼けした顔ではっはっはと笑った。

「だけど、机の上だけであれこれ理屈を捏ねまわしている先生方と違って、私のようにあちこち飛び回っている者にしかわからないことがあります」

「棘がありますが、まあ、説得力はありますね。つまり、僕にどうしろと？」

「さすが、王太子殿下、話が早い」

ユゼックは出された焼き菓子を食べながら答える。

「何か企みがあるんでしょう？」

エドゼルは自分の分も差し出した。ユゼックは遠慮なく、焼き菓子をすべて平らげ、あっさりと頼んだ。

「私を代替わりの儀式に参加させてください」

エドゼルは拍子抜けしたように言う。

「それならご招待するつもりですよ。言ったでしょう？」

確かに、エドゼルは一番いい席にユゼックを招待すると約束してくれた。だが、ユゼックのいたい場所はそこではない。

「大聖女たちのすぐ近く、同じ舞台の端にいたいのです」

「なぜ？」

「絶対何かが起こるからです」

「また漠然としていますね」

納得できないのも無理はないと思ったユゼックは、ガタッと音をさせて椅子から立ち上がる。

「漠然としていますが、はっきりしています……こんなふうに」

何をするつもりだと聞かれる前に、ユゼックは大きく息を吸い込んだ。両手を思い切り左右に広げて、天井を見上げる。

呼吸が体の隅々に行き渡るのを実感したユゼックは、口を大きく開けて唐突に歌いだした。

最初の音が伸びやかに響く。

声の塊があちこちに移動して気持ちがいい。

音が流れるように、部屋中を駆け巡っていった。

古代語の歌詞なので、意味はまったくわからないだろう。

だけど、何か大切なことを歌っているのは伝わるはずだ。

それほど長い時間ではないはずなのに、ユゼックは歌いながら、別の場所に連れて行かれそうな気がした。

どこに？　わからない。

でも、確かにここは別の場所の存在を感じる。

——そんな歌だ。

「ふう、いかがですか。王太子殿下？」

歌い終わったユゼックが、少しだけ息を荒くしてまた椅子に座る。ティーポットから自分で無造作にお茶を入れ、ごくごくと飲んだ。

「今のは？」

質問の短さは、エドゼルの受けた印象の強さの表れだ。ユゼックは誇らしく思いながら答えた。

「これも私が作ったラノラトの歌ですよ。故郷を懐かしむ歌です」

「この間、大時計台で聞いたときより、さらに不思議な感じがしましたが……」

そこを受け取ってくれたなら、話は早い。まだどこか呆然としているエドゼルに、ユゼックは説明する。

「この王国に来てから、歌の力がどんどん増して来ているんです。先日の大時計台でヴェロニカ様に歌ったときより、さらに増している」

ヴェロニカの名前が出た途端、エドゼルの目に力が籠った。前のめりに聞き返してくる。

「つまり、ヴェロニカの力がすごいってことですか？」

婚約者に関することは何ひとつ漏らさないようにしている王太子殿下の努力が感じられ、ユゼックは内心微笑ましく思いながら首を振った。

「ヴェロニカ様の力ではないと思いますね。どちらかというと、大時計台の力じゃないでしょうか」

「大時計台？」

そう呟いたエドゼルは、窓の外に目を向けた。ユゼックもそれに倣う。

王都中、どこにいても見える背の高い尖塔が佇んでいた。

そしてあそこに大聖女が今もいるのだ。

「あの鐘の音を聞くたびに、私の中のラノラトの血が活発になっている感じがします」

「……ラノラトの血か」

「あるいは、代替わりの儀式を前に、大時計台の力が強まっているのかもしれない」

「そんなことが……？」

「あり得なくはないでしょう？　滅多にない儀式ですよ」

エドゼルは考え込むように黙った。ユゼックはそこに畳み掛ける。根拠はないけれど、断言した。

「代替わりの儀式で絶対に何かが起こる。私はそれを間近で見たい」

本心だった。

そのときそこにいられるのは奇跡だ。

――それをみすみす見逃すことはしたくない。

エドゼルはユゼックに向き直った。

「気持ちはわかりますが、代替わりの儀式は神事です。他国のあなたを近付けることは神殿が許可しないでしょう」

「そこをなんとか！」

「難しいですね……僕としてもヴェロニカの安全が確保できないことは許可できない」

「ラノラトの血が入っている私が近くにいることで助けられることもあるかもしれないでしょう！」

「助ける？　何を？」

これだ、と思ったユゼックは叫んだ。

「もちろんヴェロニカ様ですよ！」

その名前にエドゼルの動きが止まった。

自分でも驚くくらい饒舌にユゼックは続ける。

「私がロヴェの石と聖典と巡り合ったこと、きっと偶然じゃありません！　代替わりの儀式が近いから、ラノラトが呼んだんですよ！　これが私の役割じゃないですかね！」

「役割……ラノラト……儀式」

エドゼルはしばらく考え込むように、腕を組んでいたがやがて小さく息を吐いた。

「わかりました。確かにあなたの知識がとっさに必要になるかもしれない。騎士団員をひとりつけますが、それでよければ裏側から見ることを許可しましょう」

「やった！」

「その代わり、条件が二つあります」

「なんでしょう？」

「ひとつ目は、もう少しマシな服を普段から着ることです」

ユゼックは思わず言い返した。

「これ、すごくマシな服ですよ？　穴も空いていないし、ボタンも全部ついている」

「研究資金をかなり渡したはずですが……」

「ですから、全部研究に使ってます」

「服にも使ってください。お望みならお泊まりの宿にお針子を向かわせて一着仕立てますが」

「それは面倒くさいです。わかりました。擦り切れていない上着を買います」

「そうしてください。それでもうひとつは」

「もうひとつは？　今度は帽子でもかぶれって言うんですか？」

「それもいいですね。髪の毛ももっとすっきりさせて」

エドゼルは本気か冗談かわからない笑みを浮かべてから、付け足した。

「ユゼックのことだから、代替わりの儀式のことを調べているんでしょう？　聖典の持ち主を含めて」

「それはもちろんそうです」

「経過を常に報告してください。私がいなければチャーリーという文官に伝えるように」

まあ、そう言うだろうなと思ったので、ユゼックは納得した。

「了解です」

「どこから手をつけるつもりですか？」

「ざっと見ただけですが、聖典の薬草に関するページが破られていたんで、薬草関係者に話を聞こうかと」

「薬草？」

「神殿では意外と儀式に薬草を使うんですよ。破られたページの後から考えると、とても危険な使い方だったと思います。緊急事態に使っていたけれど、もう使うな、という注意書きだけ残っていました」

エドゼルは腕を組んだ。

「なるほど。それは看過できませんね」

ユゼックは頷く。

「どこの国も長い歴史の中では、暗黒時代と呼ぶべき時期がありますからね」

「これからもそうならないように心がけますよ」

そう笑うエドゼルは、王太子になってまだ二ヶ月弱とは思えない風格があった。まるで、なるべくして王太子になったかのような。

――別に悪いことじゃないか。

なんにせよ、これで儀式が近くで見られると、ユゼックは期待に胸を膨らませて宿に戻った。

‡

――ユゼックがエドゼルのところを訪れた日の夜。

王都から遠く離れた村の農家の納屋で、ツェザリが言った。

「明日、ここを出よう」

藁のベッドで寝ていたフローラは、その言葉を聞いて起き上がる。

「本当？　王都に戻れるの？」

「ああ、だから準備しろ」

「やっとだわ」

フローラは目を輝かせて、ベッドから下りた。

「こんなに指折り数えて夏至を待ったのは初めてよ。準備ね。任せて」

とはいえ荷物といえば簡単な着替えくらいで、そんなに量はない。

明らかに機嫌がよくなったフローラの背中に、ツェザリがぼそっと問いかける。

「そんなに嬉しいのか」

フローラは、はしゃいでいる自分を隠すかのように、ツェザリに背中を向けたまま答える。

「ここじゃなきゃどこでもいいわ。畑に一日いるのも疲れるのよ」

作物が鳥などについばまれないように見張るのが、最近のフローラの役割だった。目立つ髪色をスカーフで隠しているので、一見普通の村娘に見える。

退屈で退屈で毎日死にそうだった。

いかにも訳ありのフローラとツェザリをどう思っているのか、村の人たちもあまり話しかけてこない。

ツェザリ以外と会話することもなく、フローラは毎日外で過ごしていた。もう、うんざりだ。

「言っておくが王都でも、自由な行動はできないぞ」

フローラの気持ちを見透かしたように、ツェザリが言う。

「わかっているわよ、そんなことくらい」

フローラは強気に言い返したが、ふと、心配そうな顔をツェザリの方へ向けた。

「夏至に一仕事したら報酬をもらえるってあれ、嘘じゃないわよね？」

「約束は守る。だが、どこへ行くつもりだ？」

再び荷物の整理に戻ったフローラは、夢見心地に呟く。

「わからないけど……帝国とか、他の国に行ってみたいわ。お金さえあればなんとでもなるもの」

それを聞いたツェザリは、思案するように小声で言った。

「……まだ足りないな」

聞き逃さなかったフローラは体ごとツェザリの方に向き直る。

「何？　まさかお金が足りないの？」

「いいや。金のことは心配するな」

「もう驚かさないでよ」

金のことじゃないならどうでもいい。フローラは大袈裟な仕草で息を吐いた。

「明日は、朝早くここを出る。もう寝ろ」

そう言いながらフローラに背を向けたツェザリは、自分の荷物をまとめ出す。

「わかったわよ……それ何？」

寝ようとしたフローラがツェザリの手元に視線を向けると、カラカラに乾かした葉っぱを大事そうに布に包んでいるのが見えた。ツェザリは作業の手を止めずに答える。

「ザヴィストという薬草だ。これが出来上がるのをずっと待っていたんだ」

ギザギザした葉っぱの、濃い緑の薬草だった。

「それが収穫されるまでここにいたってこと？」

施薬院で働いていたフローラでも見たことがない種類だ。素手で触っているからには、毒ではないのだろう。

「まあ、そうだな」

そこまでして手に入れた薬草を何に使うのか、フローラはあえて聞かなかった。

その代わり、別のことを尋ねる。

「あんたはどうしてそんなに薬草に詳しいの？」

以前にもらった薬も、その辺りに流通しているものではなかったことを思い出したのだ。

「神殿にいたらある程度は詳しくなる」

ザヴィストを包み終えたツェザリは、何かを思い出すように目を細めた。

フローラは納得する。短い間だが聖女候補として神殿にいた頃を思い出したのだ。

清掃に使う薬草、清めるための薬草、あそこでは意外といろんな種類の薬草を使うのだ。

「そういえば副神官って言ってたわね。だから詳しいの？」

答えないかと思ったら、意外にもツェザリは頷いた。

「神殿に併設された孤児院で育ったんだ。成長してからは神殿に移った」

「へえ」

孤児院から神殿に移るには余程の才覚を表していなければいけないことを知らないフローラは、軽い相槌でその言葉を流す。

「以前、お前に渡したバルドレアンも、神殿の奥で育てられていたものだ。誰もあれの本当の効能を知らなかったがな」

珍しく饒舌に付け足したツェザリの瞳は、暗い喜びに満ちていた。

だが、すでに藁のベッドに横になっていたフローラは、その表情に気付かず呑気な声を出す。

「誰も本当の効能を知らなかったのに、あんただけどうしてわかったの？」

「神殿の書庫の本を調べていたら出ていた」

「ふうん？」

ツェザリが神殿の書庫の本を売り飛ばしていたことを知らないフローラからすれば、なんの話かまったくわからなかった。

興味がなさそうなフローラに、ツェザリは意外な提案をする。

「王都に着いたら家に帰ってもいいぞ」

「え？　手伝うっていう仕事は？」

「仕事を手伝うか、家に戻るか、王都でお前に選ばせてやるから、よく考えろ」

剝き出しの梁の通った納屋の天井を眺めながら、フローラは自分の心が揺れるのを感じた。

「ここで私が家に戻るって決めたら、仕事を手伝わなくていいの？」

「ああ。その代わり、やっぱり仕事を手伝いたいと戻ってきたら最後までこなしてもらうが」

「……考えておく」

家に戻る。戻れる。

それは甘い提案だった。

屋敷に入るとこさえ人に見られなかったら、もしかしてそのまま匿ってもらえるかもしれない。

……しばらく屋敷でゆっくりしてから、ハス男爵家の領地に行ってずっとそこで暮らせばいいんじゃないかしら。他の国に行くのも楽しそうだけど、やっぱり疲れるもの。脱獄してからかなりの時間が経っているし、お父様も許してくれるんじゃない？　あるいは、忙しいお父様のことだから、留守かもしれない。だったらなおさら、屋敷に入りさえすればなんとかなる気がしてきたわ……。

フローラは考えにふけりながら、いつしか眠りについた。

ツェザリがローブの下で薄く笑っていたことに、気付くこともなく。

‡

エドゼルがチャーリーから再び報告を受けたのは、その翌日のことだった。

「新しい噂？　もう？」

眉を寄せるエドゼルに、執務机の前に立ったチャーリーは続ける。

「はい。前の噂があんまり広まらないので、ムキになっているのかもしれませんね」

「参考までに聞くけど、どんな噂なんだ？」

チャーリーは肩をすくめる。

「ヴェロニカ様は誰とも結婚したくなかった、というものです」

「つまり、兄上とも僕ともか」

「そうですね」

チャーリーは報告書に目を落とした。

「ヴェロニカ様は大聖女として生きていたいとずっと思っていた。結婚なんてしたくなかった。だから、フローラを使ってあんなことをした。それなのに、無理やり婚約させられた……ようするに、エドゼル様とは不仲だと言いたいんでしょう」

「また不仲か。それが目的か？」

動じていない様子のエドゼルに、チャーリーはほっとしたように付け足す。

「僭越ながら、殿下に新しい婚約者でもあてがうつもりではないかと」

「無駄なのに」

「おっしゃる通りですね」

エドゼルは指で机をコツコツと叩いて少し考えた。

どう考えてもウッィアの差し金だが、動機はなんだろうか。

ヴェロニカの評判を落としたい？　なぜ？　デレックが廃嫡されたことが、ヴェロニカのせいだとでも思っているのだろうか。デレックの自業自得でしかないのに。

デレックを減罪したいのなら、ウッィア自ら動いて周囲に働きかけるべきだ。

しかし、今のところその様子はないし、デレックのいる牢屋に足を運んでいる気配もない。

——だとすると。

「……自分から何かをするのは嫌だけれど、誰かの足を引っ張ることに全力を出すというわけか」

エドゼルは指の動きを止めて、チャーリーを見つめた。チャーリーは肯定するように目を伏せる。

「放っておいても自滅するに違いないが……不快だな」

噂くらいで自分とヴェロニカの関係が揺らぐと思われているのも癪だ。

——何年待ったと思うんだ？

「これ以上複雑なことはできないだろうけど、そろそろ目に余る」

本来なら、国王であり父であり、ウッィアの夫であるラウレントに話をするべきかもしれない。

だが、話したところでラウレントがウッィアを止めないのはわかっていた。

ある意味、ラウレントはウッィアを甘やかしている。

ラウレント自身が有能だという自負があるからだろうが、お飾り以上のものをウッィアに求めていないのだ。

王太子として執務に励むようになったエドゼルは、デレックの無能っぷりと現国王ラウレントの有能さを目の当たりにした。

デレックは驚くほど何もしてなかったが、ラウレントは一代でこの国を周りの国と同じくらいまで豊かにしていた。他国のよいところを取り入れて、自国の無駄なところを改善する。

言葉で言うのは簡単だが、決断力と、冷酷さとも言える実行力がいる。

認めたくはないが、ラウレントは確かに王として有能だった。そして、それを実感するたび、ひとつの言葉が浮かぶ。

——それなのに、なぜ。

「殿下?」

沈黙が長すぎるエドゼルに、チャーリーが声をかける。

「ああ、すまない。ちょっと考え込んでいた」

「では、何か行動を起こすのですか?」

チャーリーは少し姿勢を正した。何か決意したことを感じ取って指示を待っているのだ。

エドゼルは柔らかい笑みを浮かべる。

いつもチャーリーが嫌がる上っ面だけの微笑みだ。

「不仲の噂を払拭すればいいんだよな。そうすればヴェロニカに不名誉なこともないし、僕に新しい婚約者なんてふざけたことも言い出せない」

案の定、チャーリーはたじろいだ様子を見せた。

「な、何するつもりですか」

エドゼルは心外そうに首を傾げる。

「真っ当な方法だよ？」

「それが怖いんですよ」

エドゼルは笑いながら、日付を紙に書きつけてチャーリーに渡した。

「二日後、出かけるから執務を調整してくれ」

「わかりました」

声に疑いを残しながらも、チャーリーはそれを受け取る。

「それから」

「まだあるんですか？」

エドゼルは黒い瞳を細めた。

「ハーニッシュ公爵に至急会いたいと遣いを送ってくれないか」

「……わかりました」

チャーリーが返事をすると同時に、大時計台の鐘の音が響いた。

エドゼルは、その音に導かれるように窓の外の尖塔に目を向ける。

大時計台は、変わらずにそこにあった。

王太子として、ヴェロニカの婚約者として、あの鐘の音を守ることこそが自分の役割だと、エドゼルは声に出さずに決意する。

第五章　同じ時間を君と過ごしたい

その日、私は珍しく家にいて弟のチェスラフとサロンでお茶を飲んでいた。

このところ、父もアマーリエも出かけることが多かったので、チェスラフが寂しそうだったのだ。

「チェスラフ、このクッキー美味しいわよ」

チェスラフは手を伸ばす前に、美しい青い瞳で私をじっと見つめた。

「ねえさまの分はある？」

——天使じゃない？

「ええ。大丈夫よ、食べなさい」

独り占めしない優しさに成長と可愛らしさを感じながら私は言う。

「ねえさま、お母様、最近お出かけ多くない？」

だが、クッキーを一枚食べ終えたチェスラフは、一転して五歳らしい不満を述べた。

それはそれでとても可愛らしかった。

丸テーブルに向かい合って、足をぶらぶらとさせるチェスラフは、ぷくぷくの頬をさらに膨らま

せる。

「そうねえ、このところお義母様、お忙しいようね」

私の婚約披露パーティ以来、アマーリエはよく出かけるようになった。

社交に目覚めたのよ、と笑っていたが、私とエドゼルが婚約したことで、デレックのときとは違うお付き合いが増えたのかもしれない。

——せめて私が家にいるときくらい、チェスラフと過ごして寂しさを紛らわせてあげられたら。

「後でねえさまとご本でも読みましょうか」

提案すると、チェスラフは目を輝かせた。

「騎士ごっこがいい」

「ねえさまは騎士ごっこは無理よ。フィリベルトに頼んだら？」

チェスラフは、部屋の隅で銀食器を磨いていた執事のフィリベルトを見てため息をつく。

「フィリベルトはもうトシだからやめなさいって、お母様が言っていた」

「まだいけますよ」

フィリベルトがややムキになった口調でこちらを振り返った。

「無理しない方がいいわ。フィリベルト」

「ヴェロニカ様まで私を年寄り扱いなさる」

「じゃあ、やってくれる？」

すかさずチェスラフが頼み込んだ。

「もちろんです！　ただし、外ですよ。この間みたいに壺に突進しては危険ですから」

チェスラフの背の高さほどの壺をフィリベルトはとてもとても大事にしているのだ。

「はあい！」

チェスラフが再び目を輝かせたそのとき、窓の外から馬車が到着する気配がした。

「お母様！　お父様！」

チェスラフが、騎士ごっこのことなど忘れたかのように椅子から飛び降りる。苦笑するフィリベルトを横目に、私は慌てて後を追った。

「チェスラフ、お行儀悪いわよ」

「ごめんなさい！」

並んで廊下を歩いていると、ちょうど戻ってきた父とアマーリエと顔を合わせる。

「お帰りなさい。お父様、お義母様」

「おかえりなさい！」

挨拶を済ませるなり、チェスラフはアマーリエに飛び付いた。アマーリエはあらあらと笑いながら両手を広げて受け止める。

今日のアマーリエは、濃い赤のドレスに、お揃いの帽子だ。華やかでとても似合っていた。父は深い茶色の上着を着ていて、アマーリエと並んで立つと風格がある。

「ああ、ちょうどよかった。ヴェロニカ」

しかし、なぜかげっそりとして私に呼びかけた。

「どうしたの？　お父様」

父の隣に、チェスフラを抱き抱えたアマーリエが並ぶ。なんだか二人とも緊張しているみたいだ。

「明日、昼前に迎えに来るから準備しておくように」

父は咳払いしてそう言ったが、なんのことだか私にはさっぱりわからない。

「――昼前？　迎え？　どこから？」

明日は出かける予定はなかったはずなのだ。

「もちろん、エドゼル様が迎えにいらっしゃるのよ」

なぜか、父ではなくアマーリエが嬉しそうに答えたが、ますます心当たりがない。

「そんな約束していたかしら」

「約束はしていなかったと思うわ。今、私と旦那様が王宮に呼ばれて聞いてきたことだから」

「王宮？　二人とも、王宮に行っていたの？　何か問題でも……？」

思わず声をひそめた。

「それはだな」

父が何か言いかけたが、アマーリエが止める。

「旦那様」

父が言葉を濁した。

「……明日、わかる」

「さっぱりわからないわ」

本当に、なんのことだかさっぱりわからない。

「用事があるのはエドゼル様だから、明日ヴェロニカが直接伺ったらいいわ。私たちは明日のヴェロニカに用事がないか確かめられただけなの」

アマーリエはそう言って、チェスラフを下ろした。父とは対照的に、アマーリエはずっと機嫌がいいように見える。私は首を傾げた。

「私の予定をお父様とお義母様に確かめるために王宮に呼び出したの？　おかしなエドゼルね？」

「えっと……そうね」

アマーリエが私から目を逸らす。

「お忙しいのよ。時間を作るのが大変なんじゃないかしら」

なんだかすっきりしないが、明日会えばわかることだと、私はそれ以上の追求はやめた。父の手前、大っぴらに嬉しい顔はできないが、エドゼルに会えることは素直に嬉しい。

「わかったわ。じゃあ、この間作ったばかりのワンピースを着ていこうかしら」

私は初夏らしい白のワンピースを思い浮かべた。

けれど、アマーリエの返事は早かった。

ちょっとしたお出かけに最適なワンピースだったので、私は不思議に思う。アマーリエは考え込むように腕を組んでから言った。

「……そのとき一緒に作った、青地に金の飾りの付いたドレスがあったでしょう。お揃いの帽子もあるし、あれがいいわ」

「ちょっと堅苦しくない？」

「堅苦しいくらいの方が、どこに行っても大丈夫でしょう」

確かに行き先を聞いているわけじゃない。

「わかったわ。明日はそれにする」

「楽しみね」

アマーリエは目を細めた。

父はチェスラフを抱き上げて、なぜか寂しそうにため息をついていた。

‡

そして、翌日。

アマーリエと打ち合わせした通りのドレスに着替えた私は、玄関ホールに現れたエドゼルを見て言葉を失った。

「ヴェロニカ？　どうかした？」

しばらく黙ってしまった私にエドゼルが心配そうに尋ねる。

「あ、えっと、お迎えありがとう。エドゼル」

私は動揺を隠しきれずそう答えるが、エドゼルはいつも通り私を見て微笑んだ。

「ヴェロニカ。今日のドレスも似合っているよ」

「ありがとう……あの、エドゼルもすごくすてきよ。その上着」

今日のエドゼルは紺色の上着姿で、エドゼルの品のよさをさらに引き立てていた。正装とまではいかないが、それなりにきっちりした着こなしだったので、アマーリエの言う通り私もこのドレスにしてよかったと思う。

――でも、それよりも気になるのは！

上着よりも何よりも、目が離せないのはエドゼルが抱えているその花束だ。

エドゼルは、真っ白の薔薇だけを何十本、下手したら何百本も集めて花束にして持っていた。

とても重そうだ。

「エドゼル、その花束は……」

黙っていられなくてつい尋ねる。

エドゼルは一抱え以上あるそれを差し出して笑った。

「もちろん、ヴェロニカに贈るための薔薇だよ。どうぞ」

そうだろうなと思ったのだが、どうしてこんなに大量なのだろう。

「……ありがとう」

お礼を言ったものの、私では受け取ることもできないくらい大きかった。エドゼルが鍛えていることを変なところで実感する。

——今日はこれを持ち歩くのかしら。どうしよう、馬車がもう一台いるんじゃない？

だが、その心配は杞憂だった。

「部屋に飾ってもらっていいかな？」

エドゼルは子どもの頃からの変わらない瞳で言う。

「あ、そうよね。置いていけばいいんだわ」

そんな簡単なことも思い浮かばなかった。思った以上に動揺していたみたいだ。

「フィリベルト、頼める？」

「……承知しました」

よろよろと薔薇を運ぶフィリベルトを見送りながら、あの量の薔薇が全部入る大きさの花瓶が我が家にあったかどうか考える。

——あの壺を使うしかないかしら？　それでも厳しいかもしれないわ。

私はフィリベルトの健闘を祈った。

「出発していいかな？」

私は、もちろん頷く。

「ところで今日はどこへ行くの？」

「一緒に行きたい場所があるんだ」

はっきりと場所を言わないということは、到着するまでのお楽しみなのだ。

「わかったわ。お任せする」

そう言って二人で玄関を出ると、青空が眩しくて思わず目を細めた。

「バーシア様のお告げでは、しばらくはずっとお天気続きだって言ってたわ」

「出かけるのに最適だ」

エドゼルのエスコートで馬車に乗った私は、期待に胸を膨らました。

‡

移動はそれほど長くはなかった。

「ここ……」

到着したのは、リングランス王立学園だ。

「卒業以来だろう？」

エドゼルの手を借りて馬車から降りながら、私ははしゃいだ声を出す。

「ええ、予想外だったわ！」

卒業してまだ三ヶ月も経っていないのに、もう懐かしい。

エドゼルはそんな私を見て、嬉しそうに付け足す。

「中に入る許可は取ってある」

「じゃあ、こっちね」

「待って」

正門に向かおうとしたら、エドゼルに止められた。

「裏門から入ろう」

「どうして？」

「今、授業中だよ。目立たない方がいい。ヴェロニカは有名人だからね」

そうだ、うっかりしていたが、今日も授業が行われているのだ。

——というか。

「エドゼル、ここにいていいの？」

エドゼルがまだ在校生だということを忘れかけていた私は慌てて尋ねる。

「言っただろ？　もう学校には来なくてもいいくらいになっているって」

エドゼルは余裕を感じさせる笑みを浮かべた。

「そうだけど」

それでも躊躇う私の手を取って、エドゼルは裏門に向かう。

「大丈夫。ちゃんと卒業はできる」

雑木林が目隠しになって、校舎から裏門は見えない。

だから、私とエドゼルが歩いていることは誰にもわからない……はずだ。でも。

――手！　あまりにも自然につないでるけど、私、汗とかかいていない!?

私は動揺を悟られないように、何気ない話を続ける。

「しょ、食堂のメニューはあのまま？」

「全然変わっていないよ」

――温かい。

エドゼルとつないだ手から温かさが循環するようで、私はそれ以上話を続けられなかった。

すると、黙っている私をどう思ったのか、エドゼルが私に笑いかける。

「ヴェロニカ」

「な、何？」

私はできるだけいつもと同じように返事する。

「もうどこに行くかわかった？」

「え、ええ。わかったと思うわ」

裏門から雑木林を抜けて、エドゼルと私が向かっているのはさらに懐かしいあの場所だ。

「古い時計台でしょう?」

「そう。いつも校舎の方から向かっていたから、こっちの道は新鮮だね」

私は、スールを出すためにエドゼルとそこで踊っていたことを思い出す。

「何もかもすごく前のことみたい」

制服を着ていた頃の自分がなんだかすごく遠く感じた。

どうやっても大聖女になれなくて焦っていた頃の私。

デレックの代わりに忙しく走り回っていたことも、焦りの原因のひとつだろう。もっと余裕を持てばよかったなんて、後だから思えることだ。

――そう考えると、今エドゼルが隣にいることが不思議だわ。

エドゼルと婚約するなんて思ってもいなかったのに、今は一緒にいることがとても自然なのだ。

アマーリエの言う通り、少しお洒落してきてよかった、としみじみ思う。

きちんとした服装で、エドゼルとここにいることが嬉しかったのだ。

そんなことを考えていると、あっという間に古い時計台に到着する。

「着いた」

古い時計台は心なしかこざっぱりしたように見えた。

最後に見たときは立ち入り禁止になっていたが、今は柵が外されている。

「老朽化のための工事は？　もう終わったの？」

「ああ。次は十年後だって」

「そうなの？」

思ったよりも頻繁で驚いた。

「古いからね。定期的に工事と点検をするんだって」

「そうなのね！　大時計台と一緒だわ」

言いながら、私はふと疑問に思った。

大時計台が定期的に点検され、補修されるのは、古くても必要なものだからだ。

だとしたら、この時計台も必要とされているのだろうか？

——誰に？

ここに時計台があることを知っている人はそう多くないだろう。

「そうだ、工事のついでに鍵も新しくなったらしい」

私の考えは、エドゼルのその言葉で中断される。

「じゃあ、入れないのね。残念だけど仕方が——」

私が最後まで言い終える前に、エドゼルがポケットから新しい鍵を取り出した。

「どうやって手に入れたの？」

「うん、まあ、ちょっとね」

明らかに誤魔化された。

エドゼルは慣れた手付きで新しい鍵を差し込んだ。

「どうぞ」

難なく開けられた扉から、私は懐かしい場所に足を踏み入れる。

‡

中はそれほど変わっていなかった。

がらんとしているように見えるのは、物が少なくなったからだろう。

「机と椅子は撤去されたみたいだ」

あの頃のエドゼルがどこからかこっそり持ってきていたものだ。

「残念ね」

エドゼルとここでりんご水を飲んだことを思い出しながら、私はうろうろと歩く。

中央に螺旋階段。

明かり取りの窓。

しんとした佇まいもそのままだ。

「私たちみたいに、誰かがこっそり使ったりしていないのかしら？」

私の隣を歩きながら、エドゼルは首を横に振る。

「それは大丈夫。生徒会長権限で、他の生徒が勝手に入らないようにしている」

「横暴じゃない？」

「ここは大事な場所だからね」

その言葉に何かが含まれているのを感じ取った私は、エドゼルが懐かしさだけで私をここに連れてきたのではないと気付いた。

何か大切な話があるのだ。

さすがの私も、思い当たる。

――ウツィア様ね、きっと。

中に入ってからエドゼルの落ち着きがないのもそのせいだろう。

エドゼルが話しやすいように、私は口火を切る。

「エドゼル。どうして、今日ここに連れてきてくれたの？」

エドゼルの黒い瞳が少し揺れた。

明かり取りの窓から陽の光が斜めに差し込んで、エドゼルの黒い髪を艶めかしく光らせた。

とても綺麗だった。

髪だけじゃない。少し伏せられた長い睫毛と相まったその瞳も美しい。

——エドゼルはいつも私を褒めてくれるけど、エドゼルの方がよっぽど整った顔立ちよね。

ほんの数秒間だけど、私はそんな不埒なことを考えた。その間に決意を固めたのか、エドゼルがきっぱりとした口調で話し出す。

「確かめたいことと、話したいことがあったんだ」

——やっぱり。

私は先を促した。

「なんでも言って」

エドゼルは珍しく落ち着かない様子で、早口になる。

「まず、噂のことは気にしないで」

「噂？」

なんのことかわからない私に、あ、そうか、という顔をして付け足す。

「僕とヴェロニカが不仲っていう噂だよ」

——不仲？　私とエドゼルが？

「どうしてそんな事実無根の噂が立ったの？」

エドゼルは一瞬目を丸くしてから、嬉しそうに笑った。

「そう！　事実無根！」

一転していつものエドゼルに戻る。

――そんなに噂のことを気にしていたのね。

一体誰が、と言いたいところだけど思い当たる人はひとりしかいない。

「ウツィア様ね？」

エドゼルはまだ笑みを残したまま頷く。

「表向きは別の人が触れ回っているけれど、実質はそうだろう」

ミナの花のお茶会の意趣返しだろうか。

私は申し訳ない気持ちでエドゼルに言った。

「ごめんなさい」

「どうしてヴェロニカが謝るんだ？」

「ウツィア様が気に入らないのは私だもの。エドゼルを巻き込んだようなものよ」

それから私は簡単に、ミナの花のお茶会のことを説明した。

エドゼルには、まだ話していなかったのだ。じっくり会うのが久しぶりだったせいもあるが、手紙に書いてまで知らせることじゃないと思っていた。

聞き終えたエドゼルは、納得したように腕を組む。

「バルターク侯爵夫人か……なるほど。それでムキになったのかな」

「私がもっと上手く立ち回れていたら、不仲だなんて噂、流れなかったかもしれないのに」

「そんなことない。ヴェロニカはすごく上手くやってくれたよ」

エドゼルはそう言ってくれたが、どうしても悔やんでしまう。私は顔を上げてエドゼルに言った。

「とにかくその噂のせいで、何か困ったことが起こったのね？　私にできることあればなんでも言って」

私は目に力を込めてエドゼルを見つめる。だけど、エドゼルは不思議そうに首をひねるばかりだ。

「影響なんてないよ。ヴェロニカだってそうだろ？」

「ええ。だって不仲じゃないもの」

「だよね！」

だけど、それならどうしてわざわざこの場所に連れてきたのかという疑問が残る。

噂の話をするだけなら、宮殿でもできるのだ。

——まだ、何かあるんだわ。

そう思って待っていると、案の定、エドゼルが真剣な様子で続けた。

「それで考えたんだ。どうせなら、噂の主を悔しがらせることができて、なおかつ、僕にとって最高にいいことを」

「そんな方法があるの？」

「ある……というか、あることにしたいというか」

エドゼルは私から視線を逸らして、螺旋階段を見つめた。

「まあ、理由は付け足したらいくらでもあるんだけど、まずはヴェロニカにとってどうなのか確認したくて……それだとこの場所が最適だと思ったんだ」

「私の確認に最適？　この時計台が？」

「そう」

まったくわからなかった私は、しばらく考えてから口を開く。

「エドゼル、まさか……ウツィア様に何か仕返しを？」

誰もいないとわかっていたけれど、どうしても声が小さくなった。

こんなところまで呼び出して企むくらいだ。密談中の密談なのだろう。

「待って」

なのになぜかエドゼルは、片手で自分の顔を隠して肩を震わせる。

「めちゃくちゃ面白いね……」

――声を殺して笑っている⁉

「違うの⁉」

重ねて聞いたらそれも面白かったのか、エドゼルはしばらくひとりで震えていた。

「ああ、ごめんごめん。それでなんだっけ」

ようやく、手を下ろしてこちらに向き直る。

――そんなに笑わなくても！

「噂の主を悔しがらせる話でしょう？」

拗ねたように私は言った。

「僕の言い方がまずかった」

エドゼルはまだ笑いを含んだ声でそう言い、螺旋階段に目を向ける。

「登らない？　続きはそこで」

「いいけど、行き止まりでしょう？」

ここの螺旋階段も大時計台と同じように、文字盤や歯車の部屋につながっているはずなのだが、その扉は閉められているのだ。

だから、在学中の私はこの階段を一度くらいしか上らなかった。

エドゼルは、上着のポケットから真鍮の鍵を取り出して、得意げに言う。

「手に入れたんだ」

さっきとは違う鍵だ。

――つまり。

「どうやって？」

私は目を丸くした。

「学園長先生が快く貸してくれた」

「……さすがね」

リングラス王立学園の先生方は、身分で生徒を区別しない。学園長先生もだ。貴重な鍵を貸してくれたということは、生徒としてエドゼルを信用しているのだろう。

——多分。

「じゃあ、ここの時計台の文字盤の裏も見られるのね」

それでも嬉しいことに変わりない。まさかの展開に、私の声が弾む。

「ドレスの裾に気をつけて」

エドゼルは私に先を譲ってそう言った。

「これくらい大丈夫よ」

私は片手で裾をつまみ、片手で手すりを持つ。

「落ちたら支えるから」

「落ちません！」

そんな会話を交わしているうちに最上部に辿り着く。

「開けるよ」

エドゼルが鍵を差し込むのを再び私は見守った。

かちり、と軽い金属音がして扉が開く。

「どうぞ」

「お邪魔します」

初めて入る部屋なのに、懐かしい空気を感じる。

大時計台に比べるとこぢんまりしているが、やはりここも歴史を感じさせる時計台の内部だ。

歯車に、文字盤の裏側。

サイズは小さいが、基本的に大時計台と同じ造りだった。

この古い時計台も針がない。

さらに、ここは鐘もない。

危険だから外しているのかもしれない、と以前エドゼルと話したことを思い出す。

「文字盤に使われている古代語は裏からも読めないのね」

大時計のようにここも古代語が文字盤に刻まれていそうだったが、さすがに読み取れなかった。

「よほど古いんだろうね」

気のせいか、エドゼルが緊張したような固い声を出す。

「でも、なんだか嬉しいわ」

だけど、私はこの場所にすっかりはしゃいでしまった。

「この時計台も、きっと大事にされていたのね。もしかしてここに学園があるのも、これの近くに建てたかったのかしら」

そんな私に、エドゼルがあらたまった声を出す。

「……ヴェロニカ」

「なあに？」

いつもの調子で聞き返したら、エドゼルの真剣な瞳がそこにあって驚いた。

「本気で結婚式を早めない？」

私はまばたきを繰り返す。

「エドゼルの卒業前に結婚するってこと？」

「うん」

――って、それって、つまり。

私の心臓が激しく動き出した。

それに合わせたように、エドゼルが早口で説明する。

「大丈夫。学生結婚が流行するかもしれないっていう点は、学園長に確かめて許可をもらっている」

「許可したの？　学園長が？」

私は胸を押さえながら聞き返した。

エドゼルは頷く。

「ただの生徒の結婚じゃなく、王太子と大聖女の結婚として認めるって。そういうことにしたら他の生徒がどんなに真似したくてもできないからって」

「それはそうかも……」

「それで具体的な日取りのことなんだけど」

――待って？　そこまで考えているの？

エドゼルは私に反論の余地を与えない。

「僕としては代替わりの儀式が終わってすぐにでもしたいところだけど、準備があるから、さすがにそれは難しい。でも、冬至のお祭りのと一緒にすれば、賓客のもてなしも一度で済む。悪い考えじゃないと思うんだ」

――冬至のお祭り！

確かにそのときなら、結婚式を早める影響は少ない。

むしろ、短い期間に何度も足を運ぶことにならず、親切かもしれない。

「そうね……」

私がそう呟いたことに力を得たように、エドゼルは言い募る。

「正妃様が何を考えているのかわからない以上、こちらも打つ手は打っておきたい。さすがに結婚したら、婚約を反対することはできないだろう。もちろん……それだけが結婚を早めたい理由じゃないことはわかってくれるよね？」

「ええ」

エドゼルはずっと待てないと言ってくれていたのだ。

「ヴェロニカの気持ちが知りたいんだ。正直に答えてくれていい。無理強いはしないよ」

エドゼルの真剣な声が部屋中に響いた。

「私の気持ち……」

だからこそ、私も真剣に応えなくてはならない。

「結婚を早めることについて……」

私はパトリツィアとケーキを食べた日のことを思い出した。

あのときはまさかの話だった。

でも。

「そんなの……」

私はゆっくりとエドゼルに向き直る。

「すっごく……嬉しいに……決まっているじゃない」

「……嬉しい？」

エドゼルが小さい声で繰り返す。

「ええ」

不思議とためらいはなかった。

今までの私なら、一度決まったことを覆すことを拒んだだろう。自分の気持ちを優先するなんてわがままだと思っていたから。

でも、今は、どうやったら周りを説得させられるかとわくわくしている。

そして、それは決してできないことじゃないという自信もある。

――自分で自分が別人みたいだわ。

小さく笑うと、エドゼルが驚いた顔で固まっているのが目に入った。

「どうしたの？」

「あ、えっと、思いの外、ヴェロニカが前のめりだったから、びっくりして」

「えっと、そんなに前のめりだった？」

「説得にもっと時間がかかる覚悟はしていた」

私はくるりと後ろを向いた。

エドゼルが不思議そうに問いかける。

「どうして突然そっち向くの」

「……なんか、恥ずかしくなって」

「恥ずかしくないから、顔を見せて」

「だめ！」

私は帽子を両手で押さえて顔を隠そうとした。

「じゃあ、僕がそっちに行くよ」

――え？

エドゼルは、さっと私の前に回って、片膝をついて私を見上げる。

「ヴェロニカ。あらためて言うよ」

そして、真剣な顔をして私に手を差し出した。

――まるで、あのときみたいに。

エドゼルのその黒い瞳が私を捉えて動けない。

エドゼルは私を見上げたまま言った。

「時間の流れるかぎり、ヴェロニカと一緒にいたい――僕と結婚してくれませんか」

「……そんなの」

私はなぜか泣きそうになった。

差し出された手を、ゆっくりと取る。

そして言う。

「当たり前じゃない」

泣くのを我慢してなんとか続けた。

「……私こそ、ずっと一緒にいてほしい」

エドゼルは立ち上がって、私をそっと抱きしめる。

「どうしてもここで言いたかったんだ」

その囁きは私の耳のすぐ近くで聞こえた。エドゼルの腕のたくましさと温かさが、私から言葉を失わせる。

私がずっと黙っていると、エドゼルの顔がそっと近付いた。

――目を閉じる直前、ふわり、とスールが飛んだのがわかった。


帰りの馬車では二人とも無口だった。

エドゼルは微笑んで私の手を握っていたけれど、私が顔を上げられなかったのだ。

「じゃあ、また遣いを寄越すよ」

「うん」

そんなに長い時間じゃなかったのに、なんだかふわふわと夢見心地だった。

「お帰りなさい、ヴェロニカ様」

「ただいま……ちょっとひとりになるわ」

部屋に戻ると、一面、白い薔薇だらけでまた目を丸くした。

――そうだった。もらったんだったわ。

ついさっきのことなのに、とても前のことに思える。

中身の濃い時間を過ごしたから。

フィリベルトの苦肉の策なのだろう。屋敷中の花瓶が集められて、小分けにされた白い薔薇が活けられていた。

私は手近な花瓶の白薔薇に鼻を近づける。

いい香り。

「エドゼルといるみたい……」

思わず呟いて、あたりを見回した。もちろん、誰もいない。私は胸を撫で下ろした。今、鏡を見たら絶対に顔が赤い。

――でも、誰もいないのなら、いいんじゃないかしら。

私は噛み締めるように呟いた。

「……嬉しい」

その瞬間。

手のひらからスールがふわあっと出てきた。最近は踊らなかったら出ないようになっていたのに。

「嬉しい……」

繰り返すと、スールはさらに出てきて、祝福するかのように私の周りを一周回って消えていく。

それを見ながら私は考えた。

――こんなにたくさんの薔薇をもらったんだもの。何かお返しをしてもいいわよね？

もらったものと同じだけ返せるとは限らない。

それでも、今私が抱いている幸せを形にして、エドゼルに渡したくなった。

「何がいいかしら……」

考えるだけでも楽しくて、またひとつ、スールが飛んだ。

‡

翌日。

「王太子殿下、失礼ながら今日はいつも以上に張り切っていませんか？」

執務室に入ってきたチャーリーは、エドゼルが鼻歌でも歌いそうなご機嫌な様子で書類に目を通しているのを見てそう言った。

「そんなことはない。いつも通りだ」

「嘘ですね」

「なぜそう思う？」

「決裁されている書類の量でわかります」

エドゼルは自分が片付けた書類の山を眺めて頷く。

「なるほど」

「ところで、報告があるのですが」

エドゼルはそれがなんの報告か聞かなくてもわかった。

「何か進展があったのか？」

「進展と言いますか……」

チャーリーは、ちょっとだけ肩をすくめる。

「ルボミーラ嬢とマグダレーナ嬢が、噂の撤回を始めています」

「撤回？　どういうことだ？」

「文字通りの意味ですよ。手のひらを返したように、エドゼル様とヴェロニカ様はとてもお似合いで羨ましいと言い回っているようです」

「なんだそれ」

思わず言うと、チャーリーも笑った。

「どうやらハーニッシュ家が陰で動いていたみたいですね。脅したのか、穏便に説得したのか。アマーリエ公爵夫人がこのところ積極的にパーティやお茶会に出席していたのも関係しているのかもしれません」

先回りされた、とエドゼルは一瞬だけ眉を寄せる。

ウツィアと手を組む以上のメリットを与えたか、あるいはこれ以上ウツィアに肩入れしてもろくなことはないと理解させたか。

「義父上と義母上に借りを作ってしまったな」

「いいじゃないですか。公爵夫妻だって、ヴェロニカ様のために何かしたかったんでしょう」

「そういうことにしよう」

ハーニッシュ公爵の自慢げな顔が浮かぶようだった。

エドゼルは次の手を打つことにする。

「チャーリー、普通の仕事をひとつ頼むよ」

「どれも普通の仕事と思っていましたが⁉」

それならそれでいいかと、エドゼルはその誤解を解かずに続けた。

「謁見を申し込んでくれ」

「謁見……どなたに？」

「それは当然、陛下だよ」

「かしこまりました……」

チャーリーはそれ以上聞かずに頭を下げる。優秀な部下だとエドゼルは微笑んだ。

‡

チャーリーの迅速な働きのおかげか、ラウレントの気まぐれか、謁見はその日のうちに叶えられた。

「まさかお前が申し込んでくるとはね。水くさい、家族じゃないか」

人払いした謁見室で、ラウレントは朗らかに笑ったが、その目つきは鋭いままだった。

エドゼルは玉座の前で片膝をついて答える。

「陛下とお話しするにはこれが一番確実だと思いまして」

「嫌味か？　私には通じないぞ。どうせ、ウッィアのことだろう」

エドゼルはそれを無言で肯定する。

「ウツィアをなんとかするのはお前の役目だ。期待しているぞ。それに」

ラウレントは片頬だけの笑みを向けた。

「困っている息子を見るのも親の特権のひとつだ」

エドゼルは、ラウレントが心からこの状況を楽しんでいることを感じ取った。

施政者としては優秀かもしれないが、父親としては最悪だ。

だけど、今さらラウレントと父親の定義について話し合うつもりはなかった。

――時間の無駄だ。それよりも、今は。

エドゼルは表情を変えずに、ラウレントに尋ねる。

「陛下。本題に入る前に、ひとつ、質問してもいいですか」

「なんだ」

「陛下はどうして、兄上を見捨てたんですか」

デレックの名前を聞いたラウレントは、少しだけ眉をしかめた。おそらくラウレントにとって、
デレックはもう終わった件なのだ。

だからこそ聞きたかった。なぜ見捨てたのか。

廃嫡のことだけじゃない。

それ以前からずっと、ラウレントはデレックを見放していた。

デレックが好き勝手してもラウレントが何も言わなかったのは、受容じゃなく拒否だとエドゼルは判断している。

――だけど、その金髪。その青い目。その顔立ち。

ウィツアに似ていると言われることの多いデレックだったが、実はラウレントにもよく似ていた。

親子なのだから当たり前かもしれないが、少なくとも黒髪黒目のエドゼルよりはそっくりだ。

血筋だってデレックは、エレ王国との繋がりが期待できる逸材だ。

それなのに、ラウレントはあんなにあっさりデレックを廃嫡した。

フローラに騙されたデレックに愛想が尽きたことが理由に思えるが、きっとそうじゃない。

その前からラウレントはデレックを見捨てていた。

ラウレントがその気になれば、いくらでもデレックを導けたはずだ。

――資質を見極めるなんて悠長なことをするなんて、効率が悪い。

親子の情なんてこの人に期待したことはないが、効率のよさは追求するはずだ。

だから、エドゼルはずっとラウレントに聞きたかった。

父上、どうして兄上を見捨てたんですか？

――父上なら兄上を何とかできたかもしれないのに。

ラウレントは目をぎらりと光らせて笑う。

「なぜそんなことを聞く？」

「陛下の取った施策をずっと調べてきました」

「ほう？」

「共感できないこともありましたが、たいていのことには納得できました。そこには陛下なりの理由があったからです。ただひとつ、兄上への態度だけがわからなかった。だから聞きたかった。私もいつか国王になるのですから」

「なるほど。次期国王としての質問か。これは面白い」

ラウレントは機嫌をよくした様子だった。

「可愛い息子の望みだ。教えてやろう」

広々とした謁見室にラウレントの言葉が響く。

「私は自分以外は皆、歯車だと思っている。それだけだよ」

「……歯車？」

エドゼルは思わず繰り返した。

ついこの間、ヴェロニカやバーシアたちと見た大時計台の内部を思い出したからだ。そして、ヴェロニカにあらためて求婚したときのことも。

「そうだ、歯車だ」

エドゼルにとって「歯車」は綺麗な思い出につながる大事な言葉なのに、ラウレントは容赦なく別の意味を付け加える。

「お前のこともヴェロニカのことも、バーシアも、私からすれば全員、歯車のようなものだ。皆、私のために動いてくれている。涙ぐましいね」

「……それと兄上がどう関係あるのですか」

エドゼルはなんとか冷静さを保ってそう聞いた。

「曲がった歯車を打ち直すより、新しいものに交換した方がいいだろう？　それだけだ」

「本気ですか？」

ラウレントは意外そうに眉を上げる。

「冗談を言う間柄か？」

「いいえ」

確かに、自分たちは冗談を言い合う間柄ではない。もっと言えば無駄話をする仲でもない。

「お前もいつかわかるさ」

ラウレントは権力者の笑みを浮かべた。

「……母のことも、歯車だったのですか」

虚しいと分かっていても重ねた問いに、ラウレントは問いで返した。

「お前はどう思う？　私の施策は大抵のことなら納得できたんだろう？」

そう聞くということは、やはり歯車だったのだ。

エドゼルは表情を崩さず正解を述べる。

「おそらくは正妃様とエレ王国への牽制のため。おとなしくてでしゃばらない母は都合よかった。そんなところでしょう」

「これは頼もしいな」

ラウレントは頷いた。

「安心しろ、お前のことも、ヴェロニカのことも、ウツィアのことも今となっては一つしかない歯車だから大切にしている」

本気なのだ、とエドゼルは思う。本気でこの人は自分以外のすべての人間を歯車だと思っている。自分に仕えるための。

なまじ気が長いところがそれに拍車をかけた。

——施政者としては長所かもしれないが、身内としては短所だ。

エドゼルは苦々しい気持ちを微笑みで隠した。

「陛下。本題に入っても？」

「ああ、そうだったな。言ってみろ」

「ヴェロニカとの結婚を早めます。冬至の祭りのときに。手配はこちらでします。承認してくださいますね？」

ラウレントは玉座の肘かけに体重を乗せて問い返した。

「お前はまだ在学中だろう」

「学園長の許可はすでにいただきました」

「ふん。私は構わないが、ウツィアは反対すると思うぞ」

「議会の承認は陛下の決定に左右されますよね。正妃様は個別に話してわかってもらいます」

「あれがそう簡単に納得するかね。女には女同士の戦いがある。結婚後、ヴェロニカがいびられるかもしれないぞ」

　ふっとエドゼルは笑った。

「そんなこと、まったく心配していないくせに」

「それを言うならお前もだろう。自分がいるから大丈夫だと思っている。まったく、デレックよりもお前の方が私に似ているよ。断言しよう。お前は誰よりも私に似て、冷酷な統治者になる」

「そうかもしれません……でも」

　エドゼルはラウレントに向かってはっきり言った。

「それでも僕はヴェロニカを歯車だなんて思えません」

「だといいな」

　限界だった。

　エドゼルは突然立ち上がる。

「それではこれで失礼します」

「もう行くのか。冷たいじゃないか。せっかくの親子の語らいなのに」

ラウレントは明らかに思ってもいないことを口にして、笑った。

エドゼルは心から今、ヴェロニカに会いたいと思った。そしてそんな自分を情けないと感じる。


「おかえりなさいませ」

執務室に戻ると、何か言いたそうな顔をしたチャーリーに出迎えられたが、何だと聞く気になれなかった。

それくらい、ひどく疲れていたのだ。

思えば昔から、あの男と対峙すると疲れた。

エドゼルは執務机に向かうと、すぐに書類に目を落とした。顔も上げずに指示を出す。

「チャーリー、悪いがひとりにしてくれ。当分、誰も入れるな」

「はい。かしこまりました。ただ——先ほどから応接室に」

「断ってくれ。用があるならまた来るだろう」

チャーリーは珍しく念を押した。

「いいんですか？」

「ああ」

「本当にいいんですか？」

そのしつこさに、エドゼルはようやく顔を上げた。

チャーリーがなぜか笑いを堪えているような表情をしている。

「くどいな。断れと言えば断れ」

それすら癇に障って、エドゼルはそっけなく言い放った。

チャーリーは悪びれない調子で言う。

「後で怒らないでくださいね」

「怒るもんか」

わざと音を立てて書類を広げたが、チャーリーの呟きの方が大きかった。

「せっかく副会長が来てくれたのに？」

「ん？」

副会長？

ということはつまり。

「ああ、残念ですが用があるならまた来いと伝えますね。向こうも忙しそうだったけど、隙間を縫ってきたそうです——」

「馬鹿、お前、早くそれを言え」

エドゼルは勢いよく立ち上がった。

「怒らないって言ったじゃないですか」

「怒ってない」

「怒ってますよ」

そんなやりとりももどかしい。

「どこだ？　応接室か？　今行く」

執務室を飛び出して、隣の応接室に向かったエドゼルをチャーリーは苦笑いで見送った。

「いっそ早く結婚してくれた方が手間が省けるな」

ひとり残された部屋でチャーリーは、エドゼルが机の上に広げた書類をまとめながら呟いた。

「……パトリツィアに会いたいな」

自分もなかなか顔が見られていない婚約者を思い浮かべて、ため息をつく。

‡

忙しいようなら帰った方がよかったかしらと、私が応接室でそわそわしていたそのとき。

「ヴェロニカ、ごめん！　待たせた？」

予想以上に息を切らせたエドゼルが中に入ってきた。

ソファから立ち上がった私は申し訳ない気持ちで説明する。

「こちらこそごめんなさい。約束もなしに立ち寄ったのは私だから、チャーリーに伝言だけ頼もうとしたんだけど、このまま帰したら自分が怒られるからって言ってくれて、お言葉に甘えたの」

私が遠慮しないように、チャーリーはわざと大袈裟に言ったのだろう。

「マンネル先輩ほどよくできた文官はいないよ」

エドゼルも頷いている。私はちょっと嬉しくなった。

「エドゼルがチャーリーを褒めていたって、今度、パトリツィアに言ってもいい？」

「ああ。メイズリーク先輩もマンネル先輩をねぎらってくれと伝えてほしい」

そう言うエドゼルはとてもいい笑顔だったので、信頼し合っているのだと私もつられて微笑んだ。

「わかったわ。今度パトリツィアに言っておく！」

「……これで借りは返せたかな」

「何のこと？」

「何でもない。それで、今日はどうしたの？」

エドゼルと向かい合うようにソファに座り直した私は、傍に置いてあった籠を差し出した。

「本当に大したことない用事なんだけど、これを渡したくて」

エドゼルは籠にかけられた布を取る。

「これは？」

籠の中にあるのは小さめの鉢植えだ。小さな芽が出ている。

私は用意していた真新しいハンカチと一緒に、エドゼルに手渡す。

エドゼルは右手に籠、左手にハンカチを持って、首を捻った。

「シュトの花を刺繍したハンカチと、シュトの苗の鉢植えなの……この間の薔薇のお礼のつもり」

エドゼルが嬉しそうに瞳を輝かせた。私はほっとして言い添える。

「……とてもかなわないけど」

メイドたちが総出で水換えをしているせいか、薔薇は元気よく咲き続けている。

それに比べると、本当にささやかなお礼なのだが、エドゼルは本気の口調で言った。

「まさか！　薔薇の方が霞むよ」

「シュトの花もそんなふうに言われるの初めてじゃないかしら……」

私は照れくささを抑えて先を続ける。

「あのね、エドゼル、それ、この間の、時計台での……その……求婚の記念のつもりで」

「あ……」

エドゼルも照れたように黙ってしまった。

私は恥ずかしさを振り切るつもりで一気に言う。

「シュトの花は散ってしまうけれど、こうやって刺繍も渡したら一緒に後から思い出せるからいいなあって思ったの」

刺繍は簡単な図案だし、シュトの花に至ってはうちの庭番に頼み込んでもらってきたものだ。

だけど、これが今の私にできる精一杯だった。

思い出を形にする精一杯。

「あまり意識していなかったんだけど、普段の私って、形にできなくて消えていくものばかりに囲まれているの」

「形にできなくて消えていくもの？」

「そう。祈りとか、スールとか、時間の流れとか……だから、エドゼルとの思い出を形にしたくなって。次はもっとかっこよく贈るわね。物も、演出も」

謙遜ではなく言ったのだが、エドゼルは鉢植えをじっと眺めて首を振った。

「いや……」

その瞳が潤んでいるように見えて、私は驚く。

「……すごく嬉しいよ。ヴェロニカ。ありがとう」

そう言って顔を上げたエドゼルはいつものエドゼルだったので、やはり気のせいだったかもしれない。

‡

私たちの結婚式が冬至に行われることが、会議で正式に承認されたと聞いたのはその翌週だった。

寝室のソファに向かい合って座ったウッィアは、ラウレントを問い詰めた。

「あの二人が半年後に結婚することが正式に決定したですって？」

エドゼルの根回しが功を奏して、結婚式が早まったことは、混乱なく受け入れられていた。

ただひとりを除いて。

「ああ。冬至に結婚式だ。そのつもりでいておけ」

ラウレントはウッィアを見ることもせず、ブランデーの入ったグラスを傾けた。

ウッィアはイライラとした気持ちで呟く。

「小娘が生意気に私に逆らうのね……」

「根回ししたのはエドゼルだ。ヴェロニカじゃないぞ」

ウッィアは、馬鹿にしたように笑うラウレントに言い返した。

「どうせ、あの娘が後ろから糸を引いているのよ。小賢しいわ」

「別にいいじゃないか。代わりもいないし」

よくない、とウッィアは思う。

デレックの婚約者だったときは、ヴェロニカは完全にウッィアの臣下だった。

デレックを影で支える優秀な婚約者だと思って可愛がっていた。

——それが、あんな側妃の息子に寝返るなんて。

「恥知らずだわ」

ウツィアは本気で怒っていた。

ヴェロニカの何もかもが気に入らない。

大聖女であることも、ロゼッタの息子であるエドゼルと婚約したことも。

ラウレントが三杯目のブランデーをグラスに注ぎながら、見透かしたように笑う。

「もしかして、まだロゼッタを側妃にしたことを怒っているのか」

「それとこれは関係ありませんっ！」

「ふうん。だったら別にいいが」

ラウレントは興味なさそうな声を出して、グラスをまた傾けた。

ウツィアだって元は一国の王女だ。側妃を受け入れる心構えくらいできていた。

だが、ラウレントがウツィアと結婚して一ヶ月も経たない間に、ロゼッタを側妃に抜擢したことは許せなかった。

――エレ王国の王女である私と結婚したくせに、すぐに側妃を迎えるなんて！　何が不満だというの！

幼いプライドをズタズタにされたウツィアは、その日から自分を取り巻くすべてのことに背を向けることにした。側妃ごときで、自分が動じるはずがないと思い込んだのだ。

――だって、私はウツィア・エゴシェ・ハルトヴィッヒ。エレ王国の王女であり、アンテヴォルテン王妃。

あんな平凡な女に自分が比べられるわけもない。

すべてに背を向けたウツィアは、美しいもので自分を飾り、ひたすら心地よさだけを求めて生きてきた。それが自分の役割だとさえ思えた。

デレックとわずか一年違いでエドゼルが生まれたときも、ウツィアは王族の繁栄のためには子どもは多い方がいいと皆の前で笑うことができた。

――だって、それが私だから。

だから今さら、ロゼッタの息子が幸せになるなんて認められない。それもデレックと結婚するはずだったヴェロニカと。

もはやウツィアは自分が何に腹を立てているのかわからなかった。そもそもこの国の大時計台が気に入らない。エレ王国では、大木や特別な湖や、神聖な山の頂が祈りの対象だった。

なぜ、時計なんかに祈るのだ。

まるで、何かに突き動かされるみたいに、ヴェロニカが気に入らない。エドゼルが気に入らない。

何もかも気に入らない。

――もう、方法なんて選んでいられない。

ウツィアはある決意を秘めて、自室に戻る。

ブランデーを飲み続けるラウレントは、ウツィアが部屋から出ていったことに気付いてもいなかった。

代替わりの儀式まで一週間となったある日。

フローラとツェザリは、農作物を売る荷馬車に乗せてもらい、再び王都に戻ってきた。

二人とも顔がわからないように深くローブを被っていたが、幸い、誰にも呼び止められることはなかった。

‡

人気のない路地で、ツェザリはフローラに告げる。

「私の仕事を手伝う気になれば、明日のこの時間にここに来い。来なければ来ないで構わない」

「わかったわ！　いろいろありがと！　じゃあね」

フローラはあっさりと挨拶をしてから、振り向きもせずツェザリと別れた。

一直線に屋敷を目指す。長時間、荷馬車に揺られてくたくただったのだ。

とにかく早く、自分のベッドで眠りたい。今考えるのはそれだけだ。

懐かしいハス男爵に戻ったフローラは、堂々と正面玄関から中に入る。

小汚いフードを被ったフローラを、門番は止めた。

「誰だ、お前」

「私よ」

だけどフローラは臆さない。フードを脱いで、顔を見せる。

「え？」

門番はまさかという声を出した。

「邪魔よ」

フローラは押し除けて中に入った。

その顔も、その態度も、確かにフローラだったので、門番は判断を屋敷の使用人に託した。つまり、そのまま見送った。

玄関ホールに到着したフローラは、あたりを見回して大声を出す。

「誰もいないの？」

「フ、フローラ様？　今までどこに？」

来客かと思って出迎えた使用人が驚いたように言った。

フローラは一瞬で、自分が昔に戻ったことを感じる。

「どこだっていいじゃない。あー、疲れた。お風呂に入りたいわ。用意して」

「は、はい」

「準備ができるまでの間、何か食べようかしら。簡単なものでいいから作って」

農家の納屋なんかにいたことなんて、本気で忘れていた。

——その前に自分が何をしたのかも。

今は食べて、体を洗いたい。それだけだ。

使用人たちが遠巻きに見守る中、フローラは鼻歌を歌いながら食堂に向かった。

だが、そこまでだった。

——バシッ！

フローラは突然、右頬に衝撃を感じる。

「きゃあ！」

フローラは廊下に倒れ込んだ。痛みとともに、血の味を感じたフローラは、口の中が切れたことを悟る。

「なんのつもりだ」

怒りに満ちた声に顔を上げれば、父親であるハス男爵がそこにいた。

「……お父様？」

フローラは自分が父親に殴られたことをやっと理解する。

ハス男爵は握った手を振るわせながら、叫んだ。

「よくもぬけぬけと顔を出せたな！　お前のせいでどれほど苦労したと思っているんだ！　いや、今だって苦労している！」

フローラは一転してしおらしい表情を作り、涙を一筋こぼす。

「お父様……ご迷惑をかけて申し訳ありません……ですが……助けてください」

だが、ハス男爵は忌々しそうに舌打ちするだけで、フローラを助けようとはしなかった。

「うるさい！」

それどころか、さらに足でフローラの腰を蹴った。

「何するの！」

しおらしい演技も忘れてフローラは抗議する。

ハス男爵はフローラを見下ろしたまま、舌打ちした。

「この恩知らず。せっかく引き取ってやったのに、あんなことをしでかして大損だ」

フローラは焦った。どうやら簡単に怒りは解けないようだ。

慌てて今までの自分の努力を主張する。

「でも、でも、私、いいとこまで行ったでしょう？　もう少しで正妃になれるところだったのよ」

「失敗したら意味がない！　挙げ句の果てにうちまで罪を問われているんだぞ」

「匿ってはくださらないの……？」

「利用価値のないお前なんていらない。さ、出ていけ！」

ハス男爵は、フローラを引きずるようにして玄関に連れていく。

「やめて！　やめてよ」

抵抗しても無駄だった。来たときと同じ格好で、フローラは門の外に追い出される。

「なんでよ……」

さっきと同じ門番が、門の中から鍵をかけた。

「どうしてよ……」

フローラはしばらくそこでしゃがみ込んで泣いていたが、誰も出てくる気配はなかった。

空腹はさらにひどくなり、疲れも増してきた。

このままここで同情を誘おうとしたが、ハス男爵がすぐに態度を変えることはなさそうだ。

仕方なくフローラは、ツェザリとの待ち合わせ場所に向かった。

約束は明日だったが、他に行くところがなかったのだ。

「戻ってきたのか」

ところが、ツェザリはそこに立っていた。

まるでフローラがすぐに戻ってくるのをわかっていたかのように。

それすら悔しかったが、フローラは言う。

「あんたの仕事を手伝うわよ。それでいいんでしょう」

「ついてこい」

それだけ言って、ツェザリは以前のようにフローラの前を歩き出す。

「どこ行くの」

フローラはまた郊外に出るのかとうんざりした。

しかし、ツェザリは意外な提案をする。

「まずは宿だ。心配するな、二部屋取ってある。久しぶりにゆっくりと寝れるぞ」

準備万端なのも腹立たしかったが、フローラはおとなしく後ろをついていった。

ツェザリは振り返りもせず言う。

「その憎しみをぶつければいい。お前をそんな目に遭わせたやつは誰だ？」

――自分をこんな惨めな目に遭わせた人物。

考えるまでもなかった。

「ヴェロニカ・ハーニッシュよ。あの女が全部悪いんだわ……」

そもそも、あの女が現れたから自分は聖女候補から外された。

それだけじゃない。せっかくデレックと結婚できそうだったのに、全部あの女が台無しにした。

ツェザリは満足そうな顔で振り返る。

ずっと一緒に歩いてきて、ツェザリが振り返ったのはこれが初めてだった。

ツェザリはフローラの顔をまじまじと見て、頷いた。

「よし。それでいい」

なぜ、それでいいのかフローラは疑問に思わなかった。ツェザリは、フローラに告げる。

「もうすぐ代替わりの儀式がある。それを妨害すれば、奴は大聖女になれない。結婚もできない
……ぶっ潰せる」

「わかったわ」

フローラは手を握りしめて答えた。

――ぶっ潰した後、どうなるかは考えないようにした。

‡

フローラがツェザリと再び合流したのと同じ頃。

清楚に着飾ったウツィアは、神殿に来ていた。

「これはこれはウツィア様。ようこそいらっしゃいました」

「ジガ様、お忙しいところ申し訳ありません」

「いえ、ウツィア様がご相談とは珍しい」

その言葉が嫌味ではなく気遣いだということは、さすがのウツィアもわかっていた。他国出身だということを理由に、ウツィアは今までほとんど神殿を訪れていなかったのだ。

通された貴賓室でお茶を飲みながら、ウツィアはか細い声で打ち明ける。

「代替わりの儀式がもうすぐでしょう？　私、心配で。エレ王国の風習とも違うし、失敗しないように確認しておきたくって」

「そうですか」

ジガは力の入らない声で答えた。

「それなら大丈夫です。何事も変わりませんよ」

「それならいいんですが……ジガ様、どうかしました？　顔色がよくありませんわ」

「ご心配おかけして申し訳ありません。体調は悪くないのですが、年ですかな」

ウツィアは平然とした態度で慰める。

「ツェザリ様がいらっしゃらないからじゃありません？　心配ですわね。まったく所在が摑めませんの？」

ツェザリの逃亡は、ごく一部にしか報告されていなかった。

王太子交代や大聖女の代替わりなどがある中、副神官の行方がしれないとなれば周囲の動揺が抑えられないとジガがラウレントに頼み込んだことをウツィアは知っている。

「はい。どこでどうしているのか……」

まさか、目の前の王妃がツェザリの失踪の原因だとも知らずに、ジガは呟いた。

ウツィアは内心安堵しながら、言い添えた。

「ご無事を祈っていますわ」

「ありがとうございます……それで、ウツィア様。具体的に、儀式で心配なことはありますか？」

ジガは気を取り直したように言った。ウツィアは小声で尋ねる。

「……儀式に絶対に必要な特別な『あれ』があったでしょう？」

「ああ、あれですね」

ジガはそれだけで察したようだ。

ウツィアは上目遣いで確認する。

「今回ももちろん使うのよね？　やはりバーシア様が守っていらっしゃるの？」

「ええ」

「よかった。大事な物ですものね。万が一、代替わりの儀式が出来なかったら、王太子殿下と次期大聖女様の結婚も延期されるんでしょう？」

ジガが婚約パーティに参加していなかったことは把握済みだ。

案の定、ウツィアが代替わりの儀式に興味を示すことに、疑問を抱かない様子で答える。

「そうですな、結婚どころではないでしょう」

「一大事ですものね。絶対に儀式を成功させなきゃいけないわ」

「おっしゃる通りです」

聞きたいことをすべて聞いたウツィアは、貴賓室の窓に視線を向けた。

「楽しみだわ。ヴェロニカちゃん、綺麗でしょうね」

大時計台はいつもと変わらず、そこに建っている。

第六章

代替わりの儀式に向けて

「王太子殿下との結婚が早まったんですって？」

代替わりの儀式まで後一週間。

バーシア様に呼び出された私は、その日、大時計台の螺旋階段を登っていた。

いつの間にか息を切らさず登れるようになっている自分に気付きながら。

「そうなんです」

私はバーシア様の背中に向かって尋ねる。

「冬至のお祭りのときには、バーシア様はもう王都にいないのでしょうか？」

バーシア様が笑ったのが後ろ姿でもわかった。

「王都にいるようにするわ。招待してね」

よかった、と私は飛び上がるのを堪える。

「はい！　必ず、ご招待します！　あっでも」

「どうしたの？」

「ウツィア様もいらっしゃいます……」

どうしよう、と思った私は言葉に詰まる。

「それはそうでしょうね。まあ、そのときくらいはなんとかなるわよ」

バーシア様はあっけらかんと答えた。

「すみません」

「ヴェロニカが謝ることじゃないわ。ふう、やっと着いたわ」

バーシア様と私はかなり上の部屋に到着した。

ここは通称『予備の部屋』だ。

エドゼルとユゼックと見学した文字盤の裏の部屋よりもさらに上にある。

「ここに入るの初めてです」

この部屋の存在を知る人は本当に少ないのだ。

「滅多に使わないからね。私もここに来るのは数えるほどよ」

バーシア様が鍵を開けながら言った。

「バーシア様でもそうなんですね」

「ええ、そしてあなたも多分、それくらいしか来ないわ」

どういう意味か聞く前に、部屋の中に促される。

そんなに広くない部屋の中央に、それなりに大きな木の箱が置かれていた。

バーシア様はその箱の前に移動して、蓋を開けた。

「これはね、特注で作らせて昨日のうちにここに運んでおいたの。それも騎士団長が」

「騎士団長が？」

「大時計台は、上階ほど入れる人が限られているの。予備の部屋とは言え、ここはそれくらいの身分でないと入れないのよ。あとは王族と大神官くらいかしら」

「騎士団長は何を運んでくれたんですか？」

興味を惹かれて私は尋ねる。

「開けていいわよ」

「私がですか？」

「ええ」

私は恐る恐る箱に近づいて、蓋に手をかける。

外側は素朴な木の箱だったが、内側は光沢のある紫色の布張りになっていた。

中を覗き込むと、真っ白い衣装が折りたたまれているのが見える。

「これ……」

そうか、と納得する気持ちと、驚く気持ちが同時に起こった。

バーシア様が説明する。

「あなたのよ。サイズは合っているはずなんだけど」

代替わりの儀式に着る大聖女としての衣装だ。

触れるのももったいないくらい真っ白な衣装に、バーシア様は手を伸ばす。

「鏡がなくて残念だけど、ちょっと合わせてみなさい」

そして、無造作に私の体に当てた。

「え？　そんな」

上等な生地を使ったとわかるドレスは、胸元と袖口、そして襟元が金に縁取られていた。

肩にはケープがついていて、裏地は紫。

腰の鎖には紋章の飾りが入っている。

汚れたらどうしようかと硬直する私だったが、バーシア様は満足そうに頷く。

「よく似合っているわ」

さらに、何かを頭に乗せた。私が質問する前に、バーシア様は言う。

「ベールよ」

レースに縁取られたヘッドベールは、空気を織ったように向こうが透けて見えている。

「とても豪華です……」

私は胸がいっぱいで、それだけうっとりと呟く。

「一見、花嫁衣装みたいよね。そう思うと王太子殿下にはお気の毒だけど、まあ、自分でもっと気に入る豪華な花嫁衣装作るでしょうから」

「えっそんな……」

照れる私のベールをバーシア様がちょっと触れる。

「この頭のベールが花嫁衣装っぽいのかしらね？　でも聖女の儀式のときはこれで顔を隠すのよ。そして代替わりが終了したら顔を出す」

「衣装合わせのために呼んでくださったんですか？」

袖を通すのが楽しみになった私は笑顔で問いかけた。だけどバーシア様は意味ありげに笑う。

「それもあるけど、次もあるの。移動しましょう」

「またですか？」

「ええ」

「ま、待ってください！　これを片付けます！」

私は、緊張しながら衣装を元通りに畳んだ。

バーシア様に案内されるがまま、再び螺旋階段を登る。

行き着くところは最上階だ。

「こうやって案内するのも、最後ね」

「しみじみすること言わないでください」

「ふふ。ごめんなさい」

泣かされそうになりながら、私たちは、いつもなら入ってはいけないと言われている通称『鐘の部屋』に入る。

「これが鐘の部屋……」

私は部屋の中を見渡して、思わず呟く。

部屋というより、鐘を囲んだ通路があるだけだが、それが逆に凄みを感じさせる。

天井からぶら下がっている大きな鐘の周りに柵があって、鐘の周りを歩けるようになっていた。

何より、手を伸ばせば届きそうなくらいの距離に鐘があるのだ。

「触っちゃダメよ」

「はい」

言われなくても触る気にはなれなかった。

——歯車でさえあんなことになったんですもの。鐘となるとどうなるかわからないわ。

私は自分を戒める。

しかし、バーシア様は私にあんなことを言っておきながら、ご自分は鐘に届きそうな勢いで柵から身を乗り出した。

「え、バーシア様?」

私が思わず止めようとすると、バーシア様は指を伸ばした。

「違うの。ここ。見て」

バーシア様が示したのは、柵の外側のわずかなスペースだ。

よく見れば小さな扉がある。

一見わからないくらい、壁と同化している扉だった。

バーシア様は古い鍵をどこからか取り出して、その扉の鍵穴に差し込む。

扉は右側にずれるように開き、中には細長い箱が入っていた。

バーシア様は注意深く手を伸ばし、それを取り出した。

思った以上に長かったので、私も手伝って、それをなんとか床に置く。

「ふう」

物々しく登場したそれを、バーシア様は床にしゃがみ込んであっさりと開けた。

「え？」

私は息を呑んで、思わず隣にしゃがみ込む。

その箱も、さっきと同じように、内側に光沢のある紫色の布が張られていた。

だけど、中身は想像もしないものだった。

「これ……嘘」

私は目を丸くしてそう呟く。

――まさか存在するなんて。

バーシア様は頷いた。

「驚いたでしょう」

細長い箱の中に眠っていたのは――大時計台の針だった。

大人の両手を広げたくらいの長さの長針と、その半分ほどの長さの短針がそこにある。

「いつからあるものかわからないけれど、一応これがこの大時計台の針とされているわ」

私は、ただただ見入ってしまって言葉が出せない。

「見た目より重くないの。多分、木に黒い塗料を塗っているんだと思うけれど、全然色褪せないの。不思議ね」

「……そうなんですね」

わたしはやっとそれだけ口にする。

バーシア様は苦笑して続けた。

「この時計台のものにしては小さいでしょう？　だからこれは儀式用のレプリカじゃないかってタマラ様は言っていたわ」

「レプリカ？　でもさっき」

――これがこの大時計台の針だと言っていたのに。

わかっていると言いたげに、バーシア様は私に頷いてみせる。

「なんらかの理由でこの大時計台の針をはずしたけれど、儀式には必要だからとこれを用意したんじゃないかしら」

バーシア様の懐かしむようなその口調に、私は思い当たる。きっとタマラ様からこれを見せてもらったバーシア様も、私と同じようなことを考えたのだろう。

――そうやって受け継いでいくのだ。

そう考えると、王族と大神官、そして騎士団長がこれらの秘密を共有していることも納得できる。

大聖女が空位のときは、彼らが代わりにここを守り、後世に伝えていくのだろう。

私はこの大時計台の長すぎる歴史にため息をつく。

何年続いてきたのだろう。

何年続くのだろう。

「代替わりの儀式のときにこれに祈りを捧げるけれど、決して装着はしないの。覚えておいてね」

私はバーシア様の言葉に真剣な顔で頷いた。

「あの、万が一、装着したらどうなるんですか？」

恐る恐る尋ねると、バーシア様は首を横に振る。

「わからないわ。でもきっとろくなことは起こらないんじゃないかしら」

「そうですね……王族ならこのことは全員知っているんですか？」

この質問にもバーシア様は首を振った。

「いいえ。王族で知っているのは国王と王妃だけ」

私はちょっと安心する。王族も、末端まで含めるとかなりの数になるのだ。全員が知っていたら、秘密にならない。

——エドゼルはまだ知らないのね。

バーシア様は私の気持ちを読んだかのように付け足した。

「だけど、例外はあるわ。大聖女が許したら、王太子や副神官あたりなら言ってもいいの。もちろん秘密が守れるとした上で」

拡散されても困るが、口伝えの伝承が途切れるのも困るのだろう。

「大聖女が許したら……」

「ヴェロニカならわかると思うけれど、そうそう許可したくならないわよ」

わかる、と私は頷いた。

エドゼルにさえ、これを言うのを私は躊躇う。

いずれ国王になるときに知るのだから、急ぐ理由はない。

——それにしても、本当に。

私は針から目を離さずに呟く。

「……すごい」

本当に、すごい。

バーシア様は笑った。

「こんな聖具が存在すると知ったら、あのユゼックなんかはうるさいでしょうね」

——確かに。

興奮して騒ぎ出すユゼックが目に浮かんだ。

「でも、ユゼックが知り得ることはないんですね」

ちょっとかわいそうだが仕方ない。

バーシア様も頷く。

「儀式のとき、決まった手順で祈りを捧げてからでなくてはこれに触れてはいけないとされているの。でも、それで代替わり終了。簡単でしょう?」

簡単と言えば簡単かもしれないが、ひとつひとつにきっととても緊張する。

バーシア様は思い出したように呟いた。

「ヴェロニカは『選別』をしなくていいから、それだけでも助かるわ」

『選別』はバーシア様やタマラ様が経験した儀式だ。

「聖女として神殿に集められた女性たちが、選別の儀式によって大聖女だとされるんですよね」

「そう。神殿で、ずっと祈りを捧げて残った子が大聖女になるの」

思った以上に単純な儀式だ。

「体力勝負ですね?」

「私もそう思っていたから、てっきり最初に脱落すると思っていたのに、なぜか最後まで残ったのよ。絶対寝ない子が寝ちゃったり、真面目そうな子が早めに飽きたり。なんなのかしらね?」

バーシア様はあっけらかんと言ったが、私は内心衝撃を受ける。

明らかに、『選別』されていたからだ。

——でも、誰に？

わからない。

バーシア様が立ち上がったので、私もそれに倣う。

「代替わりの儀式が終われば、ヴェロニカは晴れて大聖女ね」

「はい」

何に選ばれたのかわからないが、いよいよ私も大聖女になる。

——そしてその後は、王太子妃に。

バーシア様は私の肩に手を置いて励ますように言った。

「未来の王妃への第一歩ね。応援しているわ」

「……ありがとうございます。あの、バーシア様」

私は声の震えをなんとか抑える。

私が大聖女になるということは、バーシア様が引退するということだ。

「結婚式には本当に来てくれますよね？」

「もちろんよ……あらあら」

堪えきれず泣き出した私を、バーシア様がそっと抱いてくれた。

‡

同じ頃。

「ああ、さっきの人だね。約束通り、二部屋取ってあるよ。こっちとこっちを使ってくれ」

宿屋のルッツは現れた二人組に、二階の部屋を案内していた。

小汚いが、どこか品のある若い男女だ。

「ご苦労」

フードを深く被った男が低い声でそう言い、ルッツにチップを弾んだ。

「これはこれは。何か用があったらいつでもおっしゃってください」

笑顔で下がったが、つまり余計なことは言うなという意味だとルッツは悟る。

「駆け落ちかな……」

そう呟きながら階段を下りると、長期滞在しているユゼックと顔を合わせた。

「おや、ユゼックさん。今お戻りですか？」

ユゼックは毎日、フラフラと出歩いて、空腹になると帰ってくる。

「ああ。腹が減ったよ。何かあるかい？」

ほらね、と思いながらルッツは笑った。

「煮込みとパンならありますぜ」

「頼む。急いで」

「はい」

ルッツは、食堂の厨房で温めた煮込みとパンをユゼックに給仕しながら、ふと目を止める。

「ユゼックさん、やけに綺麗になってますね？」

ボサボサの髪が短くなって、上着も上等のものになっていた。

ユゼックは勢いよく食べながら答える。

「ああ。もうすぐ代替わりの儀式だろ？　綺麗な格好しなきゃ見れないんだ」

「そうでしたっけ」

ルッツのような庶民はせいぜい外から大時計台を眺めるだけだ。

首を傾げて言う。

「代替わりしてもしなくても、大時計台はそこにありますから、何でもいいんじゃないですかね。髪の毛なんて」

「違いない。ごちそうさま」

よほど腹が減っていたのか、ユゼックはあっという間に食べ終わって立ち上がった。

ルッツは食器を片付けながら言う。

「そうだ、ユゼックさん。隣とその向こう、今日からお客さんいるから静かにしてくださいね」

「へえ。珍しいな」

すでに部屋に向かいかけていたユゼックは、顔だけ振り向いた。

「訳ありなんでしょう。そっとしてあげましょう」

「了解」

ユゼックはご機嫌な様子で階段を上る。

と、フードを被った男とすれ違った。

いかにも訳ありだったので、ユゼックはすぐにこの男がそうだと思い当たる。

なんとなく見守っていると、男はルッツに食事を頼んでいるようだった。

「部屋で食べたいんだが、持っていっていいか」

「ああ、食器は後で返してくれ」

ルッツは自慢の煮込みとパンを二人分渡そうとしたが、男にとめられた。

「ひとり分でいい」

「へえ？　わかりました」

ここで食べていかないということは連れの女性の分だろう。

自分は我慢して相手に食べさせるのかと思ったユゼックは、男を優しいと思った。

「はいどうぞ」

「ああ」

――その食事の後で、ツェザリがフローラの腕を切り付けることなど知らずに。

‡

「ふう、さっぱりした」

久しぶりに入浴できたフローラは、機嫌のいい声でベッドに座った。

ノックの音がするから返事をすると、湯気の立った皿とパンを手にしたツェザリだった。

「パンと煮物をもらってきた。食べればいい」

「いいの？」

ツェザリは頷いて、フローラの部屋の小さなテーブルに、カブと鶏の煮込みと硬くないパンを置いた。

「嬉しい！　ありがとう」

粗末な椅子に座って、フローラは早速食べる。

まともな料理は久しぶりだ。

腕を組んで壁にもたれかかっていたツェザリが、その様子を観察しながら言う。

「食べながらでいいから、考えてくれ」

「ええ、いいわよ」

考えるくらいならいくらでも、と言わんばかりにフローラが答えると、ツェザリはよりによってその名前を出した。

「ヴェロニカのことだ」

「ちょっと」

美味しいものを食べながら考えたいことではない。

「今じゃなくていいでしょう」

「今しか時間がないんだ。いいから食べながら考えろ」

「わかったわよ……それで、ヴェロニカの何を考えたらいいの」

ふわふわのパンに柔らかくなるまで煮込まれたカブと鶏。どうせなら食事に集中したかった。

だけど、時間がないなら仕方ない。考えるフリをして食事を楽しめばいい。

そう思ってパンを頬張ったが。

「ヴェロニカの結婚が早まったらしい」

やっぱりその名前を聞いては味わえない。

「……いつなの」

パンを飲み込んだフローラの口から、暗い声が出た。

結婚が早まるということは、それだけ幸せになるのだろう。

——ずるい。

まず思ったのはそれだ。

自分だけ幸せになるなんて。

――私なんてずっと苦労してきたのに。農作業の手伝いまでして。あんなにいっぱい歩いて！

フローラの不幸に対してヴェロニカはなんの責任もないはずだが、そう思わずにはいられない。

「半年後だそうだ。王都はその話題で持ちきりだ。だからこそお前が逃げていられるんだろうな」

エドゼルが手配した騎士団は、王都から離れたところを探索中だ。

まさか、捕まる可能性が高い王都に戻ってきているとは考えていないようだった。

フローラはエドゼルを思い出す。

――側妃生まれだから相手にしなかったけれど、初めからあっちを狙っておけばよかったかしら。

「悔しいわ」

思わず呟く。ツェザリはほんの少し嬉しそうに目を細めた。

珍しい、とフローラは思う。ツェザリが感情を出すことは滅多にないのだ。

「お前は惜しいところまで行った」

「……わかってくれるの？」

「ああ。本当ならもっと美味いものを食べられるはずなのに」

フローラはパンと煮物に目を落とした。確かに、昔の自分ならこんなもので喜ばない。

「悔しい……」

同じ言葉がまた出る。

「悪いのは誰だ？」

「ヴェロニカよ」

もはや条件反射でフローラは答えた。何もかも、フローラが今こんな生活をしているのはヴェロニカのせいだ。ヴェロニカが恵まれすぎているのだ。

「ずるいわ……公爵家に生まれただけじゃなく大聖女になって、王太子とも結婚できるなんて」

「それだけじゃない。お前と違って人望もある」

ツェザリの言葉に、フローラの胸は抉られたように深く痛む。

以前、学園でヴェロニカの評判を落とそうとしたときのことを思い出したのだ。

――そうだ、誰も私の話を聞いてくれなかった。ヴェロニカの肩ばかり持って、ずるい。

食事の手が止まったフローラに、ツェザリが促した。

「どうした、食べろ。いらないのか」

「食べるわよ」

食事を再開したものの、さっきとは違って砂を噛むような味だ。

「もういいわ」

八割ほど食べたフローラは、食器をテーブルに置いた。

それからふてくされたようにベッドに横になる。

さっきまでは嬉しかった新しい綿の服も、藁じゃないベッドも、急に色褪せて見えた。

ヴェロニカはもっといい服で、もっといい部屋で、もっと美味しいものを食べているのだから。

「憎いか」

間髪入れずツェザリが聞く。

「憎いわ」

「どんなふうに」

「すごく……腹が立つわ。元はと言えばあの女が大聖女になったりするから、私は神殿を追い出されたんじゃない」

「そうだ。ひどい女だ」

ツェザリがわかってくれたので、フローラはさらに勢い付いた。

「デレック様だって引き受けてあげたのに、廃嫡されるなんて話が違うわ」

「私が手を貸さなかったら、お前はずっと牢屋だっただろうな」

「あの女が代わりに入ればよかったのよ！」

もはや理屈になっていない。だが、ヴェロニカを罵ることしか今のフローラにはできなかった。

「せっかく頑張って王太子の婚約者まで成り上がったのに、台無しだわ！」

ツェザリはフローラの様子を観察していたが、おもむろに懐に手を入れて呟く。

「……そろそろいけるな」

何が、と聞く前にツェザリはフローラに近寄って、懐から取り出したナイフを振り上げた。

ザクッ！

――え？

ベッドに座っていたフローラは、ツェザリに腕を切りつけられたことがわからなかった。

呆然としていたら、ツェザリは同じナイフで躊躇いなく、またフローラの腕を刺す。

血がダラダラと流れてきた。

致命傷にならないかもしれないが、痛い、熱い、苦しい。

――やめて！　何するの！

フローラは叫び声を上げようとしたが、大きな声が出なかった。

囁く程度なら喋れるが、これでは人は呼べない。その間もツェザリは容赦なくフローラの両腕をざくざくと刺す。作業をこなすかのように無表情で。

「な……これ」

いつの間にかフローラは、声だけでなく体も痺れたように動かなかった。

出された食べ物に何か入っていたのだと気付いたときには、遅かった。

ツェザリはフローラの血まみれの腕に、ザヴィストと呼んでいたあの薬草を巻き付け始める。

カラカラに乾燥していたザヴィストは、フローラの血を吸って生き生きと蘇った。

――何しているの。なんなのこれ。

聞きたいのに聞けない。自分の体なのに、思うように動かない。

怖い、痛い、苦しい。

フローラが苦悶しているのも構わず、ツェザリは作業を進める。

みるみるうちに、赤黒く、艶々した葉っぱが何枚も出来上がった。

「やっと……完成だ」

さっきまでのフローラとは比べ物にならない暗い目で、ツェザリは頷いた。

「痛……ひど……ど……こと……」

フローラは、怯えたように掠れた声で繰り返すことしかできない。一体何が起こったのか。ツェザリは何をしようとしているのか。自分はどうなるのか。

「大丈夫だ。もうすぐ何も感じなくなるから、痛みはなくなる」

ツェザリは残酷な事実をあっさりと告げた。

「……にそれ……」

掠れた声も段々と小さくなり、やがて、フローラは人形のように動かなくなる。

「手間はかかるが、やり切った甲斐はあるな」

そう言って、ツェザリはフローラの腕から、まだ血の滴るザヴィストを丁寧に剝がし、瓶の中に入れる。

シーツは汚してしまったが、隠しておけばいい。

どうせここには戻らない。

ツェザリは、血まみれのザヴィストの入った瓶を目の高さに掲げた。

そして。

「……ウツィア様、待っていてください」

微笑みながら、愛しい人の名前を呼ぶ。

‡

代替わりの儀式まであと六日。

ウツィアは、自分の部屋にお抱え商人を招いていた。

「この間の真珠の粉を砕いたものはよかったわ。お化粧のノリが違うの。また持ってきて」

「はっ！　ありがたき幸せ」

卑屈なほど頭を下げる男に、ウツィアは微笑みを向ける。

「こちらご注文の品です」

男は意味ありげな視線とともに、小さな籠を差し出した。

「さすが、早いのね」

ウツィアは満足そうに頷く。男は満更ではなさそうな顔をする。

「ウッィア様のためならこれくらい」

いろんな国で商売しているこの男は、この辺りでは見かけない褐色の肌をしている。

ウッィアとはエレ王国にいるときからの付き合いだ。

人に知られてはいけないような商品でも、ウッィアが頼むと秘密裏に探し出した。

今回も、ウッィアの儀式や集まりをめちゃくちゃにする商品は何かないかという急な注文にさっと応えるために現れたのだ。

「どう使ったらいいの？」

ウッィアは、受け取った籠の中を覗き込んだ。

白っぽい粉が、小さな瓶に入っている。

男は、心得たように説明した。

「決して濡らさないようにしてください。火がつかなくなります。湿気を含んでもダメなようなので、保管は慎重に。でも、それ以外は簡単です。瓶の端に紐が出ているでしょう？」

男の言う通り、瓶の端には細長い紐が出ている。

「そこに火をつけて、放り投げればいいだけです。そうしたら、バン！　あとは勝手に燃えてくれる」

「面白いわね」

「くれぐれも、人がいないところに投げてくださいよ。誰かいたら怪我をする」

「ええ。気をつけるわ」

お互い、ウツィア自身がこれを使うわけではないことは承知しているにもかかわらず、そんなやりとりをする。

「ご苦労様。大変だったんじゃない？」

「いえいえ、ウツィア様のためならこれくらい」

商人にとって、ウツィアは手放したくない客だ。秘密くらい、いくらでも守る。

ウツィアは大ぶりのルビーがついたネックレスを商人に差し出した。

「これはおまけよ。その代わり、わかっているわよね」

「ええ、もちろん。このことは誰にも言いません」

男が帰ると、ウツィアは早速、侍女を呼ぶ。

「誰かいる？」

「王妃様、どうされましたか？」

現れた侍女のひとりに、ウツィアはあっさりと告げる。

「明日、お茶会を開こうと思うの。準備してくれる？」

「明日、ですか？」

侍女は、驚いたように聞き返した。ウツィアは不機嫌な声を出す。

「何よ、逆らうつもり？」

「いえ、滅相もありません！　では、今から招待状をお配りするのでしょうか」

「そんなわけないいじゃない」

ウツィアは馬鹿にしたように言って、数名の名前を書いた紙を渡した。

「この人たちの屋敷に直接人を寄越して、明日のお茶会に参加するように言ってちょうだい」

「かしこまりました」

紙を受け取った侍女は、慌てて部屋を出て行く。

自分の手を汚す必要なんてない。

ウツィアは晴れ晴れした気持ちで、もう一度籠を覗き込む。

粉の入った瓶は行儀よく並んで、活躍するときを待っていた。

‡

「どうするのよ」

「どうするって言ったって、断れないいじゃない」

リングランス王立学園の中庭を通り過ぎようとしたミヒャエラは、聞き慣れた声に足を止める。

ルボミーラとマグダレーナが、大きな木の影で何か話していた。

——相変わらず、内緒話の声が大きいわ。

ミヒャエラは、向こうが気付いていないうちに立ち去ろうとした。

ミナの花のお茶会以来、二人とは疎遠になっている。

だが、ルボミーラの言葉で足を止めた。

「だって、ウツィア様の命令よ？」

——ウツィア様の……命令？

不穏な予感にせき立てられるように聞き耳を立てる。

「そうだけど……万が一見つかったら」

マグダレーナが戸惑うように答えた。ルボミーラは引かない。

「ウツィア様が大丈夫だっておっしゃっていたでしょう」

「でも」

察するところ、ウツィアに何かよからぬことを頼まれたらしい。

——他に頼む相手がいなかったのかしら。

ヴェロニカとの対立は、明らかにウツィアの求心力を弱めさせていた。

バルターク侯爵夫人をはじめ、有力な夫人たちがどんどん離れていっているのだ。

それにしても、まだ学園も卒業していないこの二人を選ぶとは。

マグダレーナが声を落として呟く。

「怖いわ……を……なんて」

肝心なところは聞こえなかったので、ミヒャエラは二人が何を頼まれたのかわからない。

「どっちにしろ、断れないのよ？　今さらできませんなんて言えると思うの？」

ルボミーラが押し切ろうとしたそのとき。

「待って」

ミヒャエラは我慢できずに飛び出した。

「何を頼まれたのかわからないけれど、やめておいた方がいいんじゃない？」

ルボミーラとマグダレーナは目を見開いた。

「え？　ミヒャエラ」

「あなた、そこにいたの？」

「たまたま通りがかったのよ」

マグダレーナの顔色が青くなる。

「今の、聞いた？」

ミヒャエラは首を振った。

「いいえ。でも、何かを頼まれたんでしょう？　躊躇うならやめたほうがいいわ」

「なあんだ。そういうことね」

ミヒャエラがすべてを知っているわけではないと理解した二人は、途端に強気になる。

「さては、あなた、羨ましいんでしょう」

「そうに決まっているわ」

ミヒャエラは言葉を失った。

——羨ましい？　何が？

それをどう解釈したのか、ルボミーラが得意そうに笑う。

「ウツィア様から寵愛されている私たちを妬んでいるのね」

「そんなわけないじゃない……」

ミヒャエラは呆然としながら呟いた。

だが、二人の耳には届かない。

「強がっちゃって」

「まあ、いいじゃない。行きましょう」

二人はつんと澄まして、その場を去る。

ミヒャエラはなす術もなく立ち尽くした。

‡

ジガ様からツェザリ様の不在を知らされたのは、代替わりの儀式の二日前だった。

神殿での打ち合わせが終わった際に、私がふと尋ねたのだ。

「そういえば、ツェザリ様は最近どうしているのですか？　代替わりの儀式にまったく関わっていないようですが」

他意はなかった。

だけど、ジガ様は貴賓室のソファの向かい側で顔をこわばらせる。

どうかしたのですか、と聞く前に、ジガ様は頭を下げた。

「申し訳ありません。大聖女になるヴェロニカ様にはお話ししておくべきでした」

驚く私に、ジガ様は説明する。

――ツェザリ様がずっと行方不明だということを。

それだけではない。

「神殿の書物を売っていた？　あのツェザリ様が？」

いつも真面目なツェザリ様がそんなことを、とすぐには信じられなかった。

「どんな事情があったのかわからないが、せめて相談してくれたら、とそればかり考えます」

ジガ様は急に歳を取ったかのような疲れた声を出し、もう一度頭を下げた。

「戻ってくるかと思って、公表せずにいたことお許しください」

「どうぞ顔を上げてください。ジガ様のお気持ちはよくわかります」

ジガ様はツェザリ様が反省してすぐに戻ってくると思っていたのだ。

私ですら、ジガ様がツェザリ様に期待していたことを知っている。ツェザリ様が何も言わずにいなくなって、誰よりもショックを受けたのはジガ様だろう。

「ツェザリ様も心配ですけど、ジガ様もお疲れが出ていらっしゃるのでは？　体を休めてくださいね」

そう言うと、ジガ様は気弱に頷いた。

「ありがとうございます。この間もウツィア様にもお気遣いいただいたところでして……情けないことです」

「ウツィア様？　お会いしたんですか？」

「はい。儀式についての簡単な確認に来た折に、ツェザリのことも心配してくださって」

——あのウツィア様が儀式について確認を？　ウツィア様はただ参列するだけなのに。

私の疑問を感じ取ったのか、ジガ様はウツィア様に同情するように言う。

「ウツィア様も儀式の成功を祈っていらっしゃいました」

——本当にあのウツィア様がそんなことを？

それ以上はジガ様も教えてはくれず、私は釈然としない気持ちで神殿を後にした。

‡

——そして、夏至前夜。

「フローラ、動けるか？」

ツェザリは宿の部屋でフローラにそう話しかけた。

「……はい」

それでも仕上げは上々だ。

フローラは感情のない掠れた声で答える。しばらく声を出していなかったのでうまく喋れない。

ツェザリは満足そうにフローラを見つめる。

今からしばらくの間、フローラは意志を持たない人形だ。

――準備に時間をかけただけのことはある。

ウツィアに別れを告げられてすぐに、ツェザリはこの計画を立てた。

ウツィアとの情事の口止め料のために売り飛ばそうとしていた本の中に、禁忌の聖典があったことも幸いだった。神殿の書庫の奥底で見つけたそれは、興味深い薬草がたくさん載っていた。

ただ、ひとりでは無理だった。

だから、フローラを利用した。

――わかりやすく憎しみを纏っていたから。

それでも、十分面倒は見た。牢から出しただけでも、感謝してほしいくらいだ。

「フローラ、計画はわかっているな」

ツェザリは、最後の確認をする。

「はい」

虚（うつろ）な目で、フローラは頷いた。

「よし、出発しろ」

「……はい」

髪をスカーフで隠したフローラは、どこかぎこちない動きで外へ出る。

‡

儀式前日の夜。

ツェザリ様やウツィア様のことが気になりながらも、私はエドゼルの執務室に顔を出していた。

表向きは儀式の打ち合わせだが、なぜか明日の私の衣装の話に終始する。

バーシア様には、衣装だけなら話してもいいと許可をもらっていたが、まさかエドゼルがこんなに聞きたがるとは思わなかった。

「早く見たいなあ」

しみじみと呟いたので私は笑う。

「明日になったら見られるわよ」

「しっかり目に焼き付けよう」

「大袈裟ね」

「画家を参加させられないのは痛手だな。マンネル先輩にスケッチだけでも頼もうかな。それなら何度でも見返せる」

「だったら私も当日のエドゼルのスケッチが欲しいわ」

いい考えだと思ったのが、エドゼルは首を横に振った。

「僕のはいらないよ」

「どうして？」

「なんか照れくさいから」

「それは私も同じよ」

「でも、当日のヴェロニカを後から思い返したいんだ」

「私もよ」

「あのう」

おずおずとした声が、私とエドゼルの間に割って入る。

「私もいることを忘れないでくださいね」

ユゼックは、そう言ってテーブルの上の焼き菓子に手を伸ばした。

「ごめんなさい。もちろん忘れていないわ」

私が慌てて言うと、ユゼックがほっとしたようにお茶を飲む。

「あまりにもお二人がお互いしか見えていないようだったので、本気で心配しましたよ」

「一理ある」

エドゼルは平然と頷いた。

ユゼックは、「髪の毛を切ってさっぱりした」という報告をするためにエドゼルに会いに来たらしい。

さっきまでの話題の的だったチャーリーはもう帰っている。

最近は残業をしたがらないようで、エドゼルは不思議がっていた。

ユゼックが待ちきれないというように胸に手を置く。

「いよいよ明日が儀式ですね。神殿と大時計台と宮殿が近いとこういうとき便利ですね」

「もっと近くてもいいくらいだよ。そうすればヴェロニカともっと一緒にいられ――」

「ここも古い時計台みたいに、大時計台を中心に作られたのかしらね」

私はエドゼルの言葉を遮るように言った。

ユゼックは不思議そうに聞き返す。

「古い時計台って何ですか？」

「そうか、ユゼックには教えていなかったな」

エドゼルがちょっと驚いたように言った。私も頷く。

「時計台のことならユゼックはなんでも知っていると思い込んでいたわ」

「知らないことは知りませんよ」

ユゼックは苦笑した。

「それはそうだな」

納得したエドゼルはユゼックに、学園にある古い時計台の話をした。

そこに時計台があるから学園が作られたのかもしれないと、私たちが考察したことを付け加えて。

ユゼックは目を輝かせる。

「面白いですね！　その時計台も行ってみたいです。部外者は立ち入り禁止ですか？」

「学園長の許可を貰えばいいんじゃないかしら」

「王太子殿下は生徒会長でしょう？　許可くださいよ」

「うーん、ほとんど出席していない生徒会長だからなあ」

エドゼルがお願いしたらどんな許可も貰えそうだと思ったことは、黙っておく。

「そういえば、生徒会の仕事はどうしているの？」

代わりに別のことを聞いた。

私の知る限り、エドゼルは王太子としての執務に忙しくて、生徒会どころじゃなさそうだったからだ。

「副会長や書記が頑張ってくれている。生徒会長の座を譲ろうかって言ったんだけど、それは断られた」

私は卒業パーティを思い出す。あのとき司会を務めていた男子生徒が確か書記だった。

「王太子を跳ね除けて生徒会長になるのは、プレッシャーが大きいんじゃないかしら」

「彼らには感謝しているよ」

——卒業パーティといえば。

私は不意にフローラを思い出す。

「フローラはどこに逃げているんだろうな」

エドゼルも同じことを思い返したのか、少し沈んだ声を出した。

ユゼックが確かめるように尋ねる。

「フローラっていうのは、確か正妃様に妙な毒を飲ませた女ですよね？」

「そうだ」

「熱を出して、数日後なんともなくなる薬……毒というか薬というかわかりませんが、それ例の聖典に載ってました」

——例の聖典？

「フローラが聖典を読んでいたのか？　あまり想像できないな」

「でも、かなり珍しい使い方ですし」

「ねえ待って。聖典って何のこと？」

「あ、そうか。ヴェロニカ、ごめん。まだ言っていなかったね」

エドゼルは私に向き直って説明した。

ユゼックが街の質屋で見かけた聖典のことと、店主とのやりとりを。

「……そんなに珍しい聖典が質屋に？」

「はい。見つけたときは驚きました」

私はいくつかの引っかかりを感じて呟く。

——聖典を売り払っていなくなったツェザリ様。

——いまだに見つからないフローラさん。

「まさか、あの二人が一緒に？」

エドゼルが意外そうな顔をする。

「あの二人って？」

「フローラと……ツェザリ様よ」

「ツェザリ？　副神官の？　なぜ彼が」

その先を続ける前に、私はユゼックをちらりと見る。ユゼックは心得たように頷いた。

「秘密は守ります」

私はその言葉を信用して打ち明ける。

「ツェザリ様は今、神殿の書物を売却して逃亡しているの」

「……じゃあ、もしかして聖典を質屋に売った没落貴族みたいなその男が？」

「可能性は高いと思う」

「そして、フローラと一緒にいるのか。どこで知り合ったんだ？」

「わからないけれど、フローラさんがあんな薬草を持っていたのはツェザリ様が教えたからじゃないかしら」

今まで施薬院にいたからだと思われていたが、そうではなかった。

私はユゼックに向き直る。

「ロヴェの石も同じ人が売りに出したんですよね」

「はい。質屋のじいさんはそう言ってました」

「それもツェザリが？　でもなぜロヴェを」

「……ウツィア様がロヴェの石のついた指輪をしているところを何度も見かけたことがあったわ」

「なんだって？」

「ウツィア様の持ち物にしては地味だったので、逆に印象に残っているの。もちろん、偶然かもしれないけれど」

ユゼックは確かめるように言う。

「正妃様の周りで、ロヴェの大きい石を見かけたことがありますか？」

「……あります。ウツィア様の温室に飾っていました」

――でも、その温室は誰かに荒らされた。

誰に？

なんのために？

エドゼルが息を吐く。

「もしかして、ツェザリがその石を持ち去るのを誤魔化すために荒らしたのか？　だが、なぜ」

私はさっきユゼックから聞いた話を思い出す。

「ウツィア様を……大地の守りから無防備にするため？」

「正妃様を攻撃しようとしているのか……だとしたら、正妃様は一体ツェザリに何をしたんだ」

「わからないけれど、ウツィア様はツェザリ様を気にしていたみたいなの。私が知らないところで繋がりがあったとしても不思議じゃない」

「私が知っているツェザリ様は、融通が利かないくらい真面目で努力家よ。そんな人が、万全を期して何かを計画する。少しでも失敗したくないとして、ロヴェの石を盗むことはあり得ると思うの」

ツェザリ様がそこまでウツィア様を憎む理由はわからない。

でも。

「もし、ツェザリ様がウツィア様に何か攻撃しようとしているなら、その守りを邪魔に思うかもしれないわ」

エドゼルとユゼックが息を呑む気配がした。

「ヴェロニカの言う通りだ。何か計画しているのは間違いはないだろうな」

「代替わりの儀式に関係するのか？」

だとしても警備が厳重なことくらいわかっていそうだ。

もどかしい思いを抱えながら私たちが考え込んでいたそのとき、扉が勢いよくノックされた。

開けると、顔馴染みの大時計台の騎士が慌てた様子で叫ぶ。

「失礼します！　ヴェロニカ様、バーシア様が至急、大時計台に来るようにとのことです！」

「バーシア様が――」

ただ事ではないその様子に、私は即座に立ち上がった。

第七章　同じ場所の違う時間

私は息を切らしてバーシア様の元へ走った。

エドゼルとユゼックも一緒だ。

夜目に、バーシア様が大時計台の外で待っているのが見えて、私は駆け寄った。

「バーシア様！」

「ヴェロニカ！」

バーシア様は私の腕を摑んで慌てたように言う。

「どうしたら、どうしたらいいのかしら」

こんなに動揺しているバーシア様を見るのは初めてだ。

「何があったんですか」

「あれが」

その一言で、私の心臓はどくりと跳ねた。

「……まさか」

バーシア様は悲痛な面持ちで頷く。

「そのまさかよ」

何のことか聞かなくてもわかった。

バーシア様をこんなふうにさせるものなんてひとつしかない。

――大時計台の針。

私は恐る恐る尋ねる。

「あれが、どうなったんですか」

「盗まれたの」

――そんな！

バーシア様は、固まる私に説明した。

「大時計台を護る騎士たちが全員眠らされていたの。大抵の薬には慣れているのに」

「……聖具を持ち出すなんて、一体誰が」

呟いてからはっとする。

「聖具？」

「どういうことですか？」

それまで黙って見守っていたエドゼルとユゼックが驚いた声を出した。

「いいわ。ヴェロニカ、話しましょう」

バーシア様が、やや落ち着きを取り戻した様子で言った。

「いいんですか」

「こんなときだもの。大聖女として許可します。王太子殿下とラノラトの研究者なら何かいい考えが聞けるかもしれない」

そうしてバーシア様は、絶対秘密だと前置きした上で、エドゼルとユゼックに聖具の存在を話した。

「聖具……そんなものが」

話を聞いたユゼックは呆然と呟いた。

エドゼルは難しい顔で腕を組む。

「それを盗んでどうするつもりなんだろう。いくら貴重でも、マニアでもなければ持て余すだろう」

全員の視線を感じたユゼックが慌てて手を振った。

「わ、私じゃないですよ！　今の今までその存在を知らなかったんですから」

エドゼルは安心させるように頷く。

「わかっているよ。僕たちとずっと一緒だったんだから」

「そうね、一緒だったもの。ユゼックじゃないわ」

「一緒じゃなかったら疑われていたんですか!?」

「バーシア様、盗まれたのはいつなんですか？」

涙目になるユゼックをよそに、私は聞いた。バーシア様は大時計台を見上げる。

「騎士たちの証言によると、日没の鐘の音は聞いたって言ってたわ。だけどそこからは覚えていないって」

「じゃあ、日没後すぐから今までの間ですね」

「ヴェロニカ、ダメだ」

エドゼルが私のすることを予想して反対したが、私はもう決めていた。

「エドゼル、大丈夫よ」

「だけど、もしものことがあれば」

「次期大聖女として役割を果たすだけ」

エドゼルは諦めたように黙り込んだ。

それからユゼックに向かって言う。

「……ユゼック。ヴェロニカの近くで歌ってください」

「歌？」

きょとんとするユゼックに私は微笑んだ。

「時間を遡って犯人を確かめます」

ユゼックははっとしたように背筋を伸ばす。

「わかりました」

「では行きましょう」

そう言いながら、私はもう歩き出していた。

‡

あのときバーシア様に連れてきてもらった大時計台の聖具置き場の前で、深呼吸する。

夜なので灯りはエドゼルとバーシア様が持っているランプだけだ。

「お願いします」

声をかけると、ユゼックはゆっくりと歌い始めた。

鐘が近いからか、この間より声が響き渡る気がした。

相変わらず歌詞はわからないけれど、二度と会えない誰かを思っている歌だと思った。

そんなつもりじゃなかった。あれが最後だなんて思わなかった。できるならもう一度会いたい。

――そんなふうに。

物悲しい響きに合わせるように、私は大きく広げた両手で暗闇を摑む。

もちろん、何も摑めない。

それでも何度も繰り返す。

手に入れたい。無理だ。もう少し。届かない。

——届いてほしい！

全身でそう思った瞬間、手のひらからスールが大量に出た。

スールは暗闇に呑まれることなく、ふわふわと輝きながら、空気の隙間ともいうべき場所に消えていく。

「ヴェロニカ、それ以上スールを出すと戻り過ぎる！」

エドゼルの声に私は手を伸ばして、触媒となる大時計台の壁に触れた。

懐かしいようでいて、慣れることのない不思議な感覚に全身が包まれる。

時を遡っているのだ。

気付けばすぐ目の前に、フローラが現れた。

——フローラさんが？　どうして？

だがそれ以上、私は過去に干渉できない。

フローラと私は同じ場所の違う時間にいるのだ。

私は過去のフローラを見ているだけ。

フローラはゆっくりとした動作であの場所から針を持ち出した。

——なぜそこにあるのとわかったのかしら。

そんな疑問が浮かんだが、今はそれどころではない。

「待って、返して！」

私はとっさに追いかけようとして、またあの感覚に全身包まれる。

そして――現在に戻った。

「ヴェロニカ！」

エドゼルが両手で私を支える。

「フローラさん……だったわ」

肩で息をしながら、私は伝えた。

「え？」

「聖具を盗んだのはフローラさんだった……」

「……王都に戻ってきていたのか」

エドゼルの顔が険しくなる。

「聖具を盗んで、まだ自分が大聖女だと言い張るつもりか？」

「騎士団に捜索を頼みましょう。陛下に報告しなくては」

バーシア様の言葉に私は頷いた。

「……行ってきてエドゼル……私はここで休んでいるから……」

エドゼルは一瞬だけ目に迷いを浮かべる。だが、すぐに頷いて、私を床に座らせた。

「わかった。すぐに戻る」

エドゼルはそう言い残して部屋を出る。

‡

エドゼルが向かったのは、宮廷の国王専用の執務室だった。

一部始終を説明したエドゼルに、ラウレントは執務机の向こうからのんびりと告げる。

「あの長針と短針か。確かにそんなものあったな」

「聖具のことは隠して、騎士団にフローラの捜索を命じてくれませんか」

「断る」

「は？」

「ヴェロニカに場所を変えて何度も時を遡ってもらえばいいじゃないか。そのほうがフローラの行き先もわかりやすい」

——何を言っているんだ、この男は。

エドゼルは、できるだけ冷静になろうと体の横で手を握りしめる。

「それだとヴェロニカの体が保ちません。今でも精一杯なんです」

「そこを使わせるのがお前の役割だろう」

ラウレントは、笑って続けた。

「せっかくの能力なんだ。使わなければ意味がない」

そんなことをしたらヴェロニカがどうなるか、わからないのだろうか。

「あとで休めばいいじゃないか」

最早、ラウレントの正気を疑いたいエドゼルだったが、この男が本心から言っていることはわかっていた。

「……死ぬかもしれないんですよ」

ラウレントはあっさりと言ってのける。

「だが、ヴェロニカの儀式だろう？　ヴェロニカが何とかするべきだ。能力があるんだから」

「その能力を使いすぎたら死ぬと言っているんです！」

「そのときはまた別の婚約者を見つけてやろう」

バン！

我慢できずにエドゼルは机を叩いた。

「最低だ」

「歯車を使いこなすことが王になる秘訣だぞ？」

エドゼルはラウレントに背を向ける。

「父上には何も頼みません。僕の力で聖具を取り戻してみせます」

「急げよ。明日は夏至だぞ」

その声には笑いが含まれていた。

エドゼルは何も言わずに部屋を出る。

——エドゼルは苦々しい思いを振り切るように、地下牢に足を向けた。

‡

「何しにきたんだ」

デレックは、鉄格子の向こうで粗末なベッドに寝転んだまま言った。

髪はやや伸びて、無精髭が生えている。整った顔立ちはやつれていて、かつての傲慢さは薄れていた。

「俺を笑いに来たのか」

それでも、いかにもデレックらしい言い方なのは、さすがと言うべきか。

「自惚れないでください。そんな暇ありません」

エドゼルは淡々と答えた。実際、こんなことでもなかったら会いたいわけではない。

——落ちぶれた実の兄など。

エドゼルは単刀直入に質問する。

「フローラの行き先に心当たりありませんか？」

「フローラ？　あいつ、まだ捕まっていないのか？」

デレックは体を起こした。エドゼルは平然とした態度で嘘をつく。

「そうです。隠れ場所に思い当たるところがあれば言ってください。便宜を図れるかもしれません」

「本当か？」

デレックの瞳に、期待と疑いが同時に芽生えた。

「本当ですよ」

エドゼルは、デレックを騙していることに対してこれっぽっちも罪悪感を抱かなかった。

――ヴェロニカの命がかかっているのだ。

エドゼルの真剣さをどう捉えたのか、デレックはちょっと考えてから素直に答える。

「自分の家じゃないのか」

エドゼルは首を振った。

念の為、ハス男爵家に数人の騎士を向かわせていたが、その可能性は薄いだろう。ハス男爵はかなり立腹らしい。

「ハス家に引き取られる前の友人などは知りませんか？」

エドゼルが調べた限り、王都に来てからのフローラに親しい友人などはいなかった。

——だが、それ以前ならあるいは。

しかし、デレックは肩をすくめる。

「あいつに友人なんていないだろう」

「なぜ言い切れるんですか？」

「俺と一緒だからだよ」

デレックは自嘲するように呟いた。

だが、エドゼルの心はまったく動かされなかった。

「そうですか。では、私はこれで」

デレックからこれ以上の情報は得られないと判断して、次に向かおうとする。

デレックは慌てたように鉄格子の前まで移動した。

「ま、待て！　行くな！」

エドゼルは振り返る。

「何か思い出しましたか？」

「お前から父上に頼んでくれないか？」

「何をですか？」

「決まってるだろ、ここから出してもらえるようにだ」

デレックが口にしたのはエドゼルにとって見当違いのことばかりだった。

「俺は何も知らなかったんだ！　むしろ被害者だ！　全部、フローラが悪いんだ」

ある意味ではそうかもしれない、とエドゼルは思う。

だが、仮にフローラが現れなくても、デレックは同じことを繰り返しただろう。第二第三のフローラが現れたはずだ。

――本当に、この男からヴェロニカとの婚約を破棄してくれて助かった。

あのまま結婚していたら、ヴェロニカはきっとあの作り笑顔で無理をし続けていたはずだ。

そして、自分はそれに対して何もできないままだった。

――ゾッとする。

エドゼルは鉄格子に一歩近付いた。

手を伸ばしても触れることのない距離だが、今までで一番近い。

「兄上、感謝します」

エドゼルは本心からそう言った。

「な、なんだ急に」

デレックは怯えたように体を後ろに引く。

――立ち止まるチャンスは何回もあったはずだ。

だけど、デレックはそれをしなかった。何もしなかった。

結果、デレックは、誰のことも幸せにしなかった。

――デレック自身を含めて。

エドゼルは深々と頭を下げる。

「あのとき、婚約破棄してくれて、本当にありがとうございます」

嫌味ではなく、本気の礼だった。

デレックにはもちろん通じない。鉄格子を摑んで叫び出した。

「なんだと？　お前、ふざけんな！」

「ふざけていません。では」

エドゼルはその場を立ち去りかけた。

デレックは慌ててしおらしい態度を作る。

「これからは改める！　な？　それでいいだろう？　だからここから出してくれ」

エドゼルはデレックをその場に置き去りにして、地上に出た。

――確かに自分は冷酷だと思いながら。

‡

エドゼルが次に向かったのは、ウツィアの部屋だ。

大神官にラウレントにウツィア。

聖具のことを知っている人物の中で一番口が軽いのは、どう考えてもウツィアだったからだ。

他に手がかりがない以上、そこに切り込むしかない。

「こんな夜更けに何かしら。もう寝るところだったのよ」

ウツィアは扉を開けて、不機嫌そうに言った。ガウンを羽織って髪を下ろしたので、本当に眠るところだったのかもしれない。

だが、エドゼルがそれくらいで諦めるわけはない。

「五分で構いません。中に入れてください」

ドアの隙間に足を挟んでそう言った。ウツィアは苛立ちを隠さずに言う。

「非常識ね」

「ですがこれは正妃様の進退にかかわることでもありますので」

「何言っているのよ」

はったりだったが、ウツィアの目がわずかに泳いだ。

何かやましいことがあるのだろう。

「では結構です」

エドゼルはあえて引き下がるふりをする。

「わかったわよ、五分だけよ」

ウツィアは渋々引き止めた。

部屋に通されたエドゼルは、人払いを頼んでいきなり切り出した。

「副神官ツェザリとはかなり親密な関係だったようですね」

ウツィアの顔色が変わる。

「な、なんて失礼なことを言うの」

「温室が荒らされたときに、ロヴェの石が持ち出されたのですか？」

エドゼルは、早口で続けた。時間が惜しいのだ。

ウツィアは目を見開く。

やはりそうか、とエドゼルは核心を突いた。

「あなたがツェザリに聖具の情報を渡した」

「知らないわよ。なんのこと」

ウツィアはしらばっくれるつもりのようだ。

「わかりました」

エドゼルはあっさり部屋を出ようとする。

「そろそろ五分ですね。後は陛下に任せます」

エドゼルがドアノブに手をかけた瞬間、悔しそうなウツィアの声が飛んできた。

「わかったわ。言うわよ！」

エドゼルは顔だけ振り返る。

「ツェザリに話したんですね？」

「興味がありそうだったから教えただけよ。ちゃんと口止めしておいたからいいじゃない。あいつが何をしたのか知らないけれど、私は無関係よ。ずっと会ってないんだから」

「ロヴェの石の指輪はどうしたんですか？」

ウツィアはなぜそれを、という顔をしたが素直に答えた。

「もう随分前に失くしたわ」

やはり、聖典とロヴェの石を持ち出したのはツェザリだ。

おそらくフローラを使って、代替わりの儀式を妨害しようとしている。

——ヴェロニカのことを恨んでいるのか？　それとも僕か？

「話したんだから陛下には言わないでね」

「ご協力ありがとうございます」

エドゼルは一旦、大時計台に戻ることにした。

「失礼します」

ドアが閉まった瞬間、ウツィアは笑みを浮かべる。

「聖具よりもっと効率いい方法を思いついたんだから……」

その呟きはエドゼルには聞こえなかった。

‡

「ウツィア様がツェザリ様に聖具のことを教えたのね」

バーシア様の大広間で休んでいた私は、戻ってきたエドゼルの言葉に目を丸くした。

「ろくなことしないわね」

バーシア様がうんざりしたように呟く。

「あの、一介の研究者が聞いていい話なんでしょうか、それは」

ユゼックは怯えたように体を小さくした。

「もちろん、他言無用でお願いしますよ」

エドゼルが釘を刺す。

――目が笑っていないわ。

ユゼックはさらに身をすくめた。

エドゼルは気を取り直したように続ける。

「ロヴェの石と指輪を持ち出したのはおそらくツェザリだ。となると、フローラはツェザリと繋がっていると考えた方が自然だ。ツェザリが、聖典に載っていた知識をフローラに教えたのなら、正妃様にあんな毒を盛れたのも納得だ」

「じゃあ、騎士たちが眠ってしまったのももしかして」

バーシア様がはっとしたように呟いた。

ユゼックが補足するように言う。

「そういえば、憎しみで効果を増す薬草の話が聖典に載っていました。それを利用したのかもしれません」

——憎しみ？

「どういうことだ？」

私よりも先にエドゼルが尋ねた。ユゼックはすらすらと説明する。

「ある薬草に、ものすごく強い憎しみを抱いた人の血を混ぜて煎じて、それをベースに他の薬草を調合したら、薬の作用が強くなると書いていました。ただ、肝心の薬草の名前や調合の割合は破かれていましたが」

「……騎士たちが眠ってしまったのはもしかして、それを使ったからなの？」

バーシア様が信じられないというように呟いた。

私も、まさかと思う一方で、それならわかると考えた。

——騎士たちの飲む水瓶にでも、その薬を入れておいたら？

——あるいは、騎士たちに出される夕食に混ぜられていた？

毒や薬に慣れている騎士たちが一斉に眠ってしまうこともあり得る。

だが、そこまでする目的はわからない。

「針を盗んでどうするつもりなのかしら。売れるものでもないし」

バーシア様も首を捻った。

「ヴェロニカ、そもそも、あれはどうやって使うものなんだ？」

「それはもちろん、時計の針としてしか使えない……」

――あんな大きな針をつけられるところは限られている。

エドゼルと私は同時に叫んだ。

「学園の古い時計台だ！」

「行かなきゃ！」

だが、立ち上がる私をエドゼルは引き止めた。

「ヴェロニカはまだ休んだ方がいい。僕が行ってくるよ」

「いいえ」

バーシア様のお屋敷の大広間で休ませてもらっていたおかげで、私の体はかなり回復していた。

「私が行くべきよ」

エドゼルは心配そうに眉を寄せたが、諦めたように頷く。

「僕も一緒だ」

バーシア様とユゼックに後を頼んだ私たちは、リングランス王立学園に向かった。

‡

古い時計台の扉が開け放たれていたのを見た瞬間、私は確信する。

――フローラさんはここにいる。

エドゼルと頷き合って、螺旋階段を登った。

思った通り、文字盤の部屋にはフローラが立っている。

入口に背中を向けているせいか、まだ私たちに気づいていないようだった。

粗末なワンピースを着て、痩せ細って、髪をスカーフで隠していたけれど、間違いない。

今まで何があったのか聞き出したい衝動に駆られたが、今はそれどころじゃないと私は自分に言い聞かせた。

私はフローラの手元に注目する。

床に置かれた小さなランプに照らされて浮かび上がるのは――大時計台の針だった。

フローラはどうにかして文字盤の裏の穴に針をつけようとしていたが、何度も針を落としそうになってはやり直している。

私は思わずフローラに駆け寄った。

「フローラさん、やめて！」

フローラの心配をしているのか、針の心配をしているのか、自分でもわからない。

きっと両方だ。

けれど、かなり大きな声を出したつもりだったが、フローラは聞こえていないようでただただ同じ動作を繰り返す。

——変だわ。

「フローラさん、聞こえる？」

私はもう少し近くに寄って話しかけた。

フローラは答えずに、やはり同じ動作を繰り返す。

針を持ち上げる、嵌まらない、持ち上げる、嵌まらない、持ち上げる…………。

「ヴェロニカ、離れて」

エドゼルが右手でフローラから針を奪い、左手でフローラの両腕を掴んだが、フローラはされるがままだった。

「これ」

「ありがと……」

すっきりとしない気分のまま私はエドゼルから針を受け取る。

「殿下！　お待たせしました」

と、そのタイミングで第二騎士団の皆が到着した。

エドゼルがあらかじめ声をかけていたのだ。

「こっちだ。拘束してくれ」

「はっ」

フローラは、あっという間に騎士たちに捕えられる。

「よし、行くぞ」

前後左右を騎士に囲まれながら、フローラは素直に歩き出した。

「待って、その傷」

フローラの腕に目を向けた私は思わず口走る。

「え?」

両腕に、生々しい傷が何本もあった。私の視線を追ったエドゼルが、眉間に皺を寄せる。

「今出来たものじゃないな。数日以内ってところか?」

「なぜこんなことに……」

エドゼルはわからない、というように首を振って、騎士たちに付け加える。

「見張りを怠ることなく、宮廷医にも診せろ」

「はい!」

フローラは終始大人しく言う通りにしていた。

取り戻した針を抱きしめて、バーシア様は涙ぐんだ。

「よかったわ……ありがとう、ヴェロニカ」

針はさらに厳重に警護されることになり、後は明日を待つだけだ。

家に戻る馬車に揺られながら、私はエドゼルに言う。

「長い一日だったわね」

——明日。無事に儀式を行えるのかしら。

「大丈夫、何があっても成功させる」

エドゼルは私の不安を見透かしたように、きっぱりと言った。

「……ありがとう」

私は本心からそう呟く。

だけど、不穏な空気が自分にまとわりついていることを自覚せずにはいられなかった。

‡

第八章 いつか会える場所

そして迎えた夏至当日。


大時計台の前の広場で、私は念願の衣装をエドゼルに見せることができた。

胸元と袖口、襟元が金に縁取られたあのドレスだ。

肩のケープと紋章の飾りが入った腰の鎖は私の動きに合わせてゆらめく。

「ヴェロニカ……とっても綺麗だ」

エドゼルに感極まったように言われ、寝不足の疲れが吹き飛んだ。

「ありがとう。エドゼルも素敵だわ」

ヘッドベールで顔を隠しているものの、それくらいはわかる。

今日のエドゼルは、白のクラバットに紺色の上着姿だ。金色の縁取りの刺繍が、とても上品で似合っていた。

「え……それは嬉しいな」

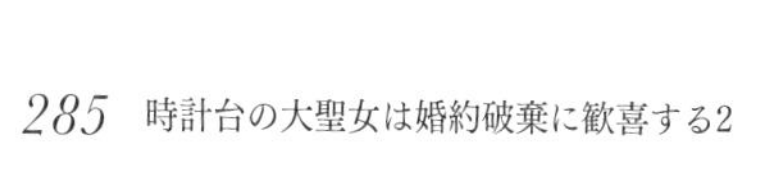

照れたエドゼルの黒髪に、夏至の日差しが降り注ぐ。

――後少しで終わるんだわ。

私は、大時計台に目を向けた。

周囲は、急遽増員されたたくさんの騎士たちに囲まれている。もちろん、内部にも大勢の護衛が控えていた。

バーシア様と国王陛下夫妻、大神官ジガ様はすでに大時計台の中で私とエドゼルが入ってくるのを待っている。

見学を許された貴族たちは、大時計台の周囲に集まっていた。

私はその中に、婚約パーティで会った令嬢たちを見つける。

――あの赤毛は……確かレンギン子爵のご令嬢。

確か、ミヒャエラと言っていた。

よく見れば、ルボミーラとマグダレーナもいる。

――ウツィア様が招待したのかしら。

気になりながらも、私はエドゼルにエスコートされながらゆっくりと進んだ。

祈りを捧げるのは、例の文字盤の内側の部屋だ。

バーシア様と国王陛下夫妻、大神官ジガ様、騎士団長、そしてエドゼルに見守られながら、私は聖具に祈りを捧げた。

昨日の夜取り戻したあの針だ。

――よかった。

ここにこれがなかったと思うとぞっとする。

手順通り祈りを終え、無事に儀式は終了した。

「ここに、新しい大聖女が誕生した。今日をもって私ことバーシアは大聖女を引退する」

――同時に、バーシア様の引退も。

私はレースに縁取られたヘッドベールから顔を出す。

これで代替わり終了だ。

「おめでとう、ヴェロニカ」

誰よりも早く、エドゼルがそう言った。

「ありがとう」

いろんな人に力を貸してもらい、やっと、今日を迎えることができた。

私はこの場にいた全員に頭を下げた。

「さあ、神殿に行こう」

「ええ」

次は神殿で祈りを捧げるのだ。

大聖女として最初の祈りだ。

私は胸をいっぱいにしながら、エドゼルの手を取る。

国王陛下を先頭に、騎士団長、ジガ様、バーシア様、ウッィア様の順で螺旋階段を降りていく。

最後尾の私たちが半分ほど降りたそのとき。

——どおん！

「きゃあああ！」

「何？」

「どういうこと？」

突然、大時計台が揺れた。

——どおおおおん！

しかも、二度も。

振動と、大きな爆発音に人々が騒ぎ出す。騎士団長が陛下を守りながら指示を飛ばすのが見えた。

「おい、建物の外壁が壊れたぞ！」

「爆発？　どうして？」

「警備、何をしている！」

あっちこっちから怒声が飛ぶ中、エドゼルは私の肩を抱いて辺りを見回す。

「ヴェロニカ！　怪我はない？」

「私は大丈夫。一体何が起こったの？」

騎士たちが階下から叫ぶのが聞こえた。

「大聖女様も王太子殿下も逃げてください！」

「ジガ様とバーシア様も早く」

「わかった！　都度、何かあったら報告してくれ！」

エドゼルも下に向かって叫んだ。

「あら嫌だ」

私たちの少し先を降りていたウツィア様が、振り返ってくすっと笑う。

「儀式の日にこんなことが起こるなんて。ラノラトの民がヴェロニカを大聖女だと認めていないいんじゃなくて？」

——まさか、ウツィア様が？

同じことを思ったのだろう、エドゼルも蒼白になってウツィア様を睨んでいる。

「恥を知れ」

「まあ、ラノラトの民に認めてもらえない大聖女の方が恥ずかしいんじゃないかしら？」

ウツィア様はふてぶてしい態度で続ける。

「ラノラトの民に認めてもらうためにも、大聖女様は残ってなきゃいけないいんじゃない？　私は失礼して先に避難させていただくわ」

私の知っているウツィア様はこういうとき真っ先に逃げる。でも今は、私の反応を見て楽しんでいる。

その落ち着きが何よりの証拠だと思ったが、それ以外は確信がない。

「エドゼル、ここはまず皆を安全な場所に移動させましょう」

「……そうだな」

護衛騎士のひとりがウツィア様に近づいた。

「あら、ちょうどいい。あなた、出口まで案内して」

悔しいけれど私はここを離れられない。

——人々が避難するのを見届けなくては。

そんなことを考えながら、私もエドゼルと一緒に一階に到着する。

と、ウツィア様の甲高い声が響いた。

「何よ、ぼうっと立っているなら退いて。ひとりで外に出るわ」

顔まですっぽりと鎧で覆われたひとりの騎士が、ウツィア様の前から動かないのだ。

様子がおかしい、と私が思うより早く、その騎士はウツィア様を横抱きにして螺旋階段を上り出した。

「ウツィア様？」

「お前、何者だ！」

私とエドゼルが叫ぶ中、国王陛下だけが動じずに言う。

「ウツィアなど放っておけ、それより神殿で儀式の続きをしなくていいのか？　大聖女として最初の祈りだろう」

確かにそうだった。大聖女としての役割を優先させるなら、あとは騎士に任せて私は神殿に向かうべきだ。

でも、放ってはおけない私は陛下に言い返す。

「大時計台の中で起きたことは大聖女に権限があります！」

陛下は呆れたようにエドゼルに言った。

「エドゼル、お前は王太子だ、危険なことは他の奴らに任せてこっちへ来い！　歯車はなくしたら交換したらいい」

エドゼルが冷静に言い返す。

「他人を歯車扱いするあなたこそ歯車だという自覚はあるのですか」

「なんだと？」

「時の流れから見れば、父上よりヴェロニカの方が大きな歯車です」

「なっ……私を馬鹿にするのか！　覚えておけ！」

陛下はそう言い捨てて外に出ていってしまった。

そうしている間にも、ウツィア様を抱えた騎士は階段を上り続ける。

私たちは慌ててその後を追う。

ウッィア様と騎士は文字盤の部屋に入った。

私とエドゼルが少し遅れてそこに向かう。

「あなた、何するの！」

やっと追いついたそのとき、抱かれたまま金切り声をあげて暴れるウッィア様の手が騎士の兜に当たった。

兜は音を立てて転がっていき、その素顔にそこに居合わせた全員が息を呑んだ。

——まさか。ここにいたなんて。

よく知っているその顔。

「……ツェザリ様？」

だけど、あんなに暗い瞳はしていなかった。

ツェザリ様は、ウッィア様を抱きしめながら、うっとりとした表情でウッィア様に言う。

「もう大丈夫ですよ」

「な、何よ」

「別れのときは辛かったけれど、あなたが私のローブのポケットに、ロヴェの石の指輪を入れてくれたから理解できました」

「理解？」

「ええ。ロヴェの石はエレ王国の者にとっては大地とつながり、守りを与えてもらえる大切なもの。それを私に託すなんて……そういうことかと感涙しましたよ」

ツェザリ様は今までにないくらい饒舌に、ウッィア様に語りかけている。

ウツィア様はなんとかして降りようとするが、よほどしっかりした力で抱きしめているのかまったく振り解けない。

下手に動くとウツィア様に危険が及びそうで、誰もがその状況を見守っていた。

ツェザリ様はウツィア様しか見えていないように熱っぽく囁く。

「温室にロヴェの石の片割れを置いていると、ウツィア様自身が以前私に教えてくださっていましたよね。つまり、私にあれを盗ませて、二人で逃げようというあなたなりの愛の言葉だった」

その言葉にはっとしたようにウツィア様が呟いた。

「お、温室を壊したの……もしかして」

「ええ、私ですよ。何を今さら。ご自分でさせておいて」

「わ、私そんなことさせていない」

「おや、照れていらっしゃる。大地の守りも世間の目も届かない場所で私たちの愛を成就させようという謎かけだったんでしょう」

ツェザリ様はウツィア様の額に、愛おしそうに口付けた。

「わかっていますよ。あなたも私に協力してくれたんですね。ありがとうございます。爆発まで起こしてくれて……危険なのに」

「何よ、違うわよ、勘違いしないいで。私はただあの女を困らせようと」

「照れないでください……これで、やっとあなたを私だけのものにできる」

——もしかして、全部このために？

フローラをわざと捕まえさせて、騎士を増やしたかった？　紛れ込むために。

まさか、と思いながらも私は目の前のツェザリ様の暗い瞳がすべてを語っている気がした。

ツェザリ様はウツィア様を抱きしめたまま、背中に掲げていたものに手をかける。

剣かと思っていたそれは、もしかして。

——大時計台の長針と短針！

「どういうことだ？　なんであいつが持っている？」

「偽物だったんだわ……」

エドゼルと私は呆然としたように呟く。

だから何度やっても針が嵌まらなかったのだ。

——つまり、フローラさんはただ利用されただけ？

ひどい。

「何もかも最初からやり直しましょう？」

そうしている間にも、ツェザリ様はウツィア様を横抱きにしたまま、片手で器用に針をつける。

カチッ。

針が嵌められた瞬間、空気が揺れた。

ツェザリ様が歯車に向かって飛び込もうとしているのがわかる。

「だめ！」

「ヴェロニカ！」

私はそれを阻止しようとして――ツェザリ様とウツィア様と一緒に、時の狭間に入ってしまう。

‡

そこが時の狭間だというのはすぐにわかった。

暗い夜の底みたいな空間に、私たち三人だけが浮いているのだ。

時の狭間では時間は進まないし戻らないと言われている。

ラノラトのいう「いつか会える場所」かもしれない。

「嫌よ……こんな場所、帰りたい」

ウツィア様が言う。私も同感だった。

「私は別にここでもいいですよ」

ツェザリ様だけがそう笑って、ウツィア様をずっと抱きしめている。

私は考える。

時間も空間もない場所がここだとしたら、時間を作ったらここを出られるんじゃないだろうか？

――つまりスールをたくさん出せば。

危険なのは承知だ。体力が持つかどうか。

だけどやってみる価値はある。

「ウツィア様！」

私はウツィア様に叫ぶ。その声さえもばらばらになりそうで怖い。

「な、なに」

ウツィア様も怯えたように言う。

この場所で落ち着いているのはツェザリ様だけだ。

「今から私が踊ります。ウツィア様は何でもいいから歌ってください。今の気持ちを歌にするんです」

「踊る？　こんなところで？　何言っているの？」

「何でもやってみるべきでしょう！」

ツェザリ様が笑った。

「……無駄なことを。ここから出られるわけはない」

その言葉が逆にウツィア様のやる気を燃やした。

「やるわ！　やるわよ！」

ウツィア様がエレ王国の歌を歌いだした。

陽気で、ゆったりとしたテンポの曲だ。悪くない。

歌詞の意味はわからないが私はそれに合わせてなんとか手足を動かす。

だが、やはり緊張しているのか、なかなかスールは出ない。

——心の蓋を開けなきゃ。そうだ、花。

私はウツィア様の歌に合わせて、シュトの花を思い浮かべる。

シュトの花が蕾から満開になるまでを想像したのだ。次に、薔薇の花。エドゼルがくれたあの白い薔薇はドライフラワーにして、まだ残っている。そして、ウツィア様のお好きなルウの花。大輪のルウの花は散るときも美しい。大きな花弁が一枚ずつ落ちていくのだ。そして、背の高いミナの花。次の世代に結びつける。

そう、大聖女も同じ。タマラ様から、バーシア様。バーシア様から、私。

その先も、きっとずっと続いていく。

そう思うとなんだかとても安心した。

——私がいなくなっても、きっとずっと続いていく。

ひとつ、また、ひとつと、スールが手のひらから出ていくのがわかった。

‡

「消えた？」

「大聖女様と正妃様が騎士と消えた？　どうなってるんだ」

エドゼルははっとして叫ぶ。

「バーシア様と、研究者のユゼック・フライをここに呼べ！　至急だ！」

しかし、それは止められる。

「殿下、ここは危険です。外に出てください」

「いや、祈らなくてはヴェロニカが戻ってこれない」

「殿下、大丈夫です！」

息を切らせたユゼックが、エドゼルに言った。

「針をこのままにして、外からこの文字盤を眺めながら祈るんです。きっと昔はそうしていた。祈りましょう！　ヴェロニカ様が戻って来れるように」

エドゼルたちは外に出て、文字盤が見える位置に移動した。

騎士たち含め、大勢がヴェロニカのためにひざまずく。

「待ってください」

それをエドゼルが止める。

「どうしたの？」

バーシアが不思議そうな顔で聞き返す。

エドゼルはツェザリが裏側から針をつけたその文字盤を見つめながら言った。

「バラバラに祈ってもきっと効果は薄い。歌だ。歌に合わせて祈ってくれ」

「そうかもしれないわね」

バーシアが頷き、エドゼルが叫ぶ。

「ラノラトの歌です！　ユゼック頼む！」

「よしきた！」

ユゼックが両手を広げて歌い始めた。

人々もそれに合わせて祈り出す。

ユゼックと一緒に声を出す者もいた。初めて聞いた歌なのに、不思議と歌える者が多かったのだ。

「……戻ってきてくれ」

エドゼルはヴェロニカが戻ってくるまで、その場を動かない覚悟で祈り出した。

‡

体力の限界までスールを出し続けたら、体が壊れそうなくらい痛くなってきた。

けれど、そのおかげでだんだん『隙間』が見えるようになったのだ。

スールはそこに向かって、消えていく。

——つまり、あそこに向かって飛び込めば。

「ウツィア様！　あれ、わかりますか！」

「ええ！」

「余計なことをするな！」

「嫌よ！　私はエドゼルのところに戻るの！」

「戻らなくていい！　ここが最高じゃないか。なんの悩みもない」

「ダメです。ツェザリ様も戻らなくては」

「いやだ！」

ツェザリ様は抵抗したが、私とウツィア様が手を取り合って『隙間』に向かったおかげで、一緒にそこに巻き込まれた。

——ああ、感じるわ。これが時間の流れ。

スールと共に隙間に吸い込まれた私たちは、時間を肌で感じるという稀有な経験をする。

今までの『時戻り』のときとは比べ物にならない厚みのある時間だ。

ここは本当に、いつか帰る場所なのだと思った。

——皆、ここで生まれてここに戻るのかしら。

だけど、私が今帰る場所は別にある。

出口は、すぐにわかった。

聞き慣れた声がしたから。

‡

「ヴェロニカ……？」

エドゼルは、何か予感がしたように歌の輪から外れた。

何かに耐えかねるように、大時計台が本格的に崩れ出す。

「危ないぞ！」

「離れろ！」

「陛下！　危険です！」

騎士たちはラウレントやエドゼルを守ろうと動き出した。

「殿下、殿下もこちらに」

しかし、いち早く逃げ出そうとしたラウレントと対照的に、エドゼルはずっと空を見ている。

「殿下！　何しているのですか！」

「僕は大丈夫だ……ヴェロニカ！」

エドゼルの剣幕に、近くにいた騎士たちもつられるように空を見上げた。

「まさか」

「嘘だろ？」

空から、ヴェロニカがこちらに落ちてきたのだ。

エドゼルは迷いなく両手を広げて、受け止める覚悟を決める。

ヴェロニカもエドゼル目掛けて両手を広げていた。

「ヴェロニカ！　こっちだ！」

その声にわかったというように、ヴェロニカが微笑んだ。

かなり高いところから落ちてきたはずなのに、不思議と衝撃は感じさせなかった。

空気に包まれているかのように、ヴェロニカはふんわりとエドゼルの元に降り立った。

「ありがとう……エドゼル……」

その後すぐにどさっと重い音がして、ツェザリとウツィアも落ちてきた。

「正妃様！」

「無事か？」

「こっちの男はダメだ！　息はしていない」

打ちどころが悪かったのか、ツェザリは即死だった。

ツェザリが抱きしめていたウツィアは命に別状はなさそうで、元気よく喚く。

「痛い！　痛い！　ちょっと、誰かなんとかして！」

後ほど診断された結果によると、ウツィアはこのとき両足を骨折していた。

‡

戻ってきた私は、エドゼルに横抱きにされて神殿に移動した。

そうして、無事大聖女としての最初の祈りも済ませることができた。

代替わりの儀式はそうやって幕を閉じた。

スールの出し過ぎでしばらくベッドから起き上がれなかった私だったが、一週間ほどで回復した。

その一週間で、いろんなことがわかった。

ユゼックのおかげで、宿に泊まっていた二人組がツェザリ様とフローラだと判明し、ツェザリ様の荷物を調べることができたのだ。

いろんな薬草の処方箋が出てきたことから、主犯格はツェザリ様だと断定された。

以前、フローラがウツィア様に使った薬もツェザリ様が与えたものだとして、フローラは極刑を免れた。

フローラはあの後数日で正気を取り戻していたが、ツェザリ様に利用されたショックは大きいようで、陰鬱に塞ぎ込むことが多いようだった。

同じ頃、デレックの処罰も決まった。

身分を剥奪され、男性だけの辺境の修道院で実質強制労働をすることになったのだ。デレックにとってとても苦痛な生活が始まるのだが、相変わらず反省した様子は見えないそうだ。

ウツィア様は大事な情報をツェザリ様にしゃべった罪などを問われた上に、大時計台の爆発にも関わっている容疑で、厳しく取り調べられている。あのとき、爆破現場で怪しい動きをしていたルボミーラとマグダレーナの口から、ウツィア様の名前が出てきたのだ。

二人の令嬢の家は、爵位を取り上げられる見込みだ。

ウツィア様も、骨折が治り次第南の領地で隠居することになった。実質は幽閉らしい。

意外だったのは国王陛下で、あのとき逃げている最中に転んだのだが、なかなか腰の痛みが引かず寝込みがちになっている。

だから最近は、エドゼルが主体になって執務を執り行うようになっていた。

フローラとは、最後に少しだけ話をした。

一生を北の修道院で過ごすことになったと聞いたので、追い返される覚悟で見送りに行くと、意外にも話しかけてくれた。

「あのとき、本当は嬉しかった」

修道女の格好で、フローラは言う。

「どのとき？」

聞き返したら、小声で付け足した。

「麦の中の薔薇の話を褒めてくれたとき」

「そうだったの？　怒っているのかと思っていたわ」

「怒っていたわ」

「でも、嬉しかったの？」

フローラは目を伏せて頷いた。

「……私、あなたがずっと羨ましかった。今でもちょっと羨ましい。でも、こうやってそれが言えたから、もういい」

私はそれに対して何も言えなかった。

私が恵まれた立場にいることは事実なのだ。

「体に、気を付けて」

精一杯、そう言うと、フローラはちょっと笑ったように見えた。

そして、振り向かず、馬車に乗り込んだ。


「じゃあ、行ってくるわね」

「行ってらっしゃいませ、バーシア様」

バーシア様も予定通り旅に出た。

旅に出る直前、私はバーシア様から元婚約者の人がすでに亡くなっていることを教えてもらった。

大聖女になったから、結婚できなかったんですか、と単刀直入に聞いたら、違うわ、と言われた。

優しくてヘタレで真面目な人だったから、大聖女を独り占めするわけにはいかないと、手放されたの。

そんな、と私は思ったけれど、バーシア様が思いの外、幸せそうに語ったので黙って聞いていた。

もしかして、そういう形で結びついた方が心地よかった二人なのかもしれないとなんとなく思う。

ユゼックもマルニ帝国に戻ってしまった。ユゼックの場合は、また会える気がするのが不思議だ。

根無草だからだろうか。どこにでも現れそうだ。

「大時計台の修理が終わったら、またきますよ」

案の定、そんなことを言って帰って行った。

ちなみに大時計台の修復工事が終わるまで、学園の古い時計台が代わりを担う。

昔からそのために用意されていたらしい。

だから、私は今のところ、そこで祈りを捧げていた。

今日もユリアさんが私に声をかける。

「大聖女様、お祈りの時間です」

「はい」

ユリアさんは、大時計台に残って私の面倒を見てくれているのだ。

ここの鐘は外されているので、祈っても鐘の音は響かない。
けれど、私は祈り続ける。
今まで積み重ねられた時間と、これから積み重ねられる時間のために。

結婚式

そうして半年が過ぎた。


「おめでとう！　ヴェロニカ」

「おめでとうございます！　大聖女様、王太子殿下！」

冬至のお祭りに合わせて、私とエドゼルの結婚式が行われた。

元通り修理された大時計台で祈りを捧げ、神殿でジガ様に結婚の儀を行なってもらったのだ。

宮殿の大広間で開かれた結婚披露パーティでは、大勢の人が集まってくれた。

人々に祝福されるたび、私とエドゼルは顔を見合わせて照れたように笑う。

エドゼルが私以上に悩んで悩んで決めたドレスはとても好評だった。

白でレースをふんだんに使ったデザインなのだが、大聖女のときの衣装と違って可憐さに溢れている。エドゼルも白を基調にした正装で、凛々しかった。

近隣諸国からも大勢のお客様がいらっしゃって、私もエドゼルも挨拶だけで大忙しの数時間だ。

「ヴェロニカ、結婚おめでとう」

「バーシア様！」

だけど、約束通り帰ってきてくれたバーシア様には、飛び付かずにはいられない。

「あら、甘えん坊ね」

「そんなことありません」

バーシア様はまったく変わっていなかった。少し髪が短くなっていたくらいだ。

紫色のドレスがよく似合っていた。

「旅はどうでした？」

尋ねると、満足そうに笑った。

「悪くないわ。今度は東の方を回ろうと思うの」

「素敵ですね」

「あの」

そこに、懐かしい声がまた重なった。

「私もいますよ。気付いています？」

「ユゼック！」

「お久しぶりです」

ユゼックもまったく変わっていない。さすがに綺麗な上着を着ていたくらいだ。

「ヴェロニカ、結婚おめでとう」

「副会長が大聖女で王太子妃とは、恐れ入りました」

「ありがとう、パトリツィア、チャーリー」

チャーリーはエドゼルにも気さくに話しかける。

「殿下、せっかくだからゆっくり休んではいかがですか」

「部下が結婚休暇を取るらしいから、休めない」

「それはお互い様ですからね」

パトリツィアが、放っておきましょう、とチャーリーとエドゼルを放置する。

「ところでヴェロニカ、ハーニッシュ公爵はどちらかしら？　うちの父が挨拶しようと探していたんだけど」

「あ、父はちょっと」

私は曖昧に誤魔化す。エドゼルがさっと現れて付け足した。

「もうすぐ義母上と来ると思うよ」

「じゃあ、待っておくように言っておくわ」

結婚式で号泣した父は、パーティの参加に遅れていたのだ。

「ありがとう、エドゼル」

「これくらいなんてことないさ」

「ところでユゼックは?」

エドゼルが視線で示した先には、意外な三人が乾杯をしていた。

「リネス先生とユゼックと……バーシア様?」

いつの間に知り合ったのか、リネス先生とユゼックが嬉しそうにバーシア様とグラスを合わせている。

「なんだか楽しそうね」

「ユゼックは気が気じゃないだろうな」

どういう意味か聞こうとして、やっぱりやめた。

エドゼルと私は顔を見合わせて笑う。

‡

盛大な結婚披露パーティは夜中まで続いた。

さすがに疲れたので、私とエドゼルは途中でこっそりバルコニーに抜け出した。あのとき、ミヒャエラたちが噂話をしていた場所だ。

ちなみにミヒャエラは、卒業後、宮廷で働くことが決まっている。エドゼルの提案で、女性の文官登用を増やすことになっているのだ。

ミヒャエラは経験を積んだら、私の下で働くことを希望しているそうだ。ありがたい。

「寒くない？」

「少しなら平気よ」

「だめ、これ着ていて」

エドゼルは私に上着をかける。

「ありがとう」

ブカブカだったが、確かに暖かい。エドゼルは安心したように夜空を見上げた。

「星が綺麗だよ」

そう言うエドゼルの瞳の方こそ美しい星のようだったが、口には出さず隣に立つ。

「不思議だな」

「何が？」

「大聖女の選抜のこと。タマラ様もバーシア様も、代替わりの儀式で大聖女に選ばれた後、能力が開花しただろ？」

不埒な私と違い、エドゼルは真面目な表情で続けた。

「でも、そもそも、代替わりの儀式なんていらないと思わない？　能力が開花した人だけを大聖女にすればいい。だけど、まず選ぶんだ。それから与えられる」

私は、エドゼルが巷に出回っている論文を読み漁ってユゼックを見つけてくれたことを思い出す。

――今も、ずうっと調べてくれているんだわ。

大聖女のことを。

エドゼルは白い息を吐いた。

「ずっと不思議だったんだ。歯車が光って、その上あれほど努力しているヴェロニカがどうして能力開花まで時間がかかったのかって」

「……心の蓋が開かなくてスールが出なかったからじゃないの？」

「でも、バーシア様もタマラ様もスールは出せない」

言われてみればそうだった。

「もし、ヴェロニカがすぐに能力開花していたらどうなっていたと思う？」

当時を思い出して私は答える。

「婚約破棄できていたんじゃないの？」

だけどエドゼルは首を振った。

「逆だよ」

「逆？」

「タマラ様やバーシア様と同じ能力だったらまだしも、時戻りなんて今までの大聖女も持っていない便利な能力を知った父は、幼いヴェロニカを手放さなかっただろう。そして、命に別状があろうが、ここぞと言うときはそれを使わせようとしたはずだ」

——陛下ならあり得そうだわ。

納得する私に、エドゼルは頷く。

「もちろん、すべては偶然かもしれない。だとしても、もし、今このときにヴェロニカの能力が開花したのがなんらかの意志が絡んでいるなら」

エドゼルは胸の前で手を握りしめてそう呟いた。

「僕はその存在に感謝する」

「どうして……？」

「すべてが今こうやってヴェロニカといるための道のりに思えるから」

私はエドゼルの手に手を重ねた。

——温かい。

「そこまで深く考えていなかったけれど、私も同じようなこと思っていた」

「どんなこと？」

「私は多分、一生、落ちてきた私をエドゼルが受け止めてくれたことを思い出すだろうなって」

「それは……いい意味で？」

「もちろんよ」

エドゼルは私の手を温めるように自分の手で包み込んだ。

私も息を白くして続ける。

「不思議ね。あの瞬間だけ時が止まっているみたい」

「幾つになっても、何回でも、ヴェロニカを受け止め続ける覚悟はある」

「頼もしいわ」

——同じ時間の中を生きて、二人で歳を取って、たまには喧嘩したりして。

ときどきは、エドゼルが受け止めてくれたことを思い出して、幸せな気持ちになったりして。

そんなふうに毎日を一緒に過ごしていきたい。

「ねえ、エドゼル。あの日、私がうっかり歯車に触ったのはその何かの意志だと思う？」

私はふと思ったことを尋ねてみた。エドゼルは、少し考えてから答える。

「いや、わからない。だけど、仮にそうだとしても、僕とヴェロニカがここにいるのは、お互い一緒にいようとしたからじゃないかな」

「……そうね！　私もそう思う」

「まあ、僕の努力の方が大きいと思うよ」

「どうしてそう言い切れるの？」

「そのための努力が楽しいからさ」

「それは私も同じよ」

エドゼルは背中から手を回して、私を抱きしめた。

「エドゼル！　誰か来たらどうするの」

私は囁き声で抗議する。エドゼルは動じない。

「寒いから誰も来ないさ」

「寒いのなら中に戻りましょうよ」

「人が来ても僕は構わないよ。どれだけ待ったと思うんだ」

私は固まった。

——顔が赤くなってしまうわ。

「大丈夫だよ。赤くない」

エドゼルは私の考えを読んだように言う。

「嘘ばっかり。そこからじゃ私の顔は見えないでしょう？」

「見えるよ」

「見えるわけないわ」

「じゃあ、赤くないか見せて？」

「どうぞ」

背後から抱きしめているのに、わかるわけないと私は振り向いた。

「ま、待って？」

エドゼルの顔が思った以上に近くにあって、私は動揺する。

「待たない」

目を閉じた瞬間、あの日の歯車が瞼の裏で光った気がした。

あとがき

『時計台の大聖女は婚約破棄に歓喜する』二巻を手に取ってくださり、ありがとうございます。

作者の糸加と申します。またお会いできて、とても嬉しいです！

一巻同様、今回も御子柴リョウ先生にスペシャルに素晴らしい表紙と口絵と挿絵を描いていただきました。そのイラストなのですが、実は……（ここからイラストに関するエピソードで、少々、二巻のネタバレになることを書きますので、あとがきから先に読む派の人は気を付けてください。それでは行きます！）

……実は、二巻を最後まで読んでくださった方はおわかりかと思いますが、二巻のラストのイラストは一巻と表紙で繋がっています。

ヴェロニカが時の狭間を経てエドゼルの元に帰ったように、皆様にも「あの場所に戻って行った」という感覚を味わってもらえたらと思って、私から当時の担当編集さんにお願いしました。

一巻に着手したときから、二巻の構想はほぼ出来ていたのですが、細かい部分で未定なところはありました。けれど、御子柴リョウ先生の素晴らしい一巻の表紙絵を見たときに、「これだ！」と思ったのです。

　正確には「ここだ！」でしょうか。

「ここに向かってこの物語は収束する」、そんなひらめきがあって、この物語の全体像がカチッと音を立てて完成しました。そう、まるで最後の歯車が嚙み合ったみたいに。

　あらためまして、御子柴先生、本作の挿絵を描いてくださってありがとうございます。(特に二巻では、お気に入りのツェザリも描いていただけて、嬉しかったです！　もちろんヴェロニカを溺愛するエドゼルや、幸せそうなヴェロニカ、いじけるフローラちゃんもかわいい！)

　そして、ウェブの短編から生まれたこの作品が、いろんな方との巡り合いを経て、二冊の本として皆様のお手元に届けられたことにも、心から感謝します。

　ウェブ掲載のときから見守ってくださる読者様をはじめ、イラストを描いてくださった御子柴先生、お世話になった担当編集者の皆様、並びに編集部の皆様、出版、デザイン、流通等で関わってくださったすべての皆様、支えてくれた家族と友人、常に励ましてくれる仲間たち、最近は膝の上でなくクッションに乗るようになった愛犬のいぬさん。

　皆様のおかげでこんな素敵な本が完成しました。本当にありがとうございます。

　そして何より、これを読んでくださっているあなたに、深く感謝します。

　手に取っていただいて、本当にありがとうございます。

　読んでくださったおかげで、この物語はあなたのところに戻っていくことができました。それがこの本の存在意義です。あなたに読んでもらうために生まれました。何かひとつでも歯車がずれていたら、それは叶わなかったでしょう。

あなたがこれを読んでくれている今が、私にとっての奇跡です。

またどこかでお会いできたら、とても嬉しいです。

ダッシュエックスノベルfの既刊

Dash X Novel F 's Previous Publication

『未プレイの乙女ゲームに転生した平凡令嬢は聖なる刺繍の糸を刺す 2』

西根 羽南

イラスト／小田 すずか

刺繍好きの平凡令嬢×一途な美貌の王子の焦れ焦れラブファンタジー、待望の第二弾!!

王子二人が私にプロポーズ——これは世に言う修羅場なのでは!?乙女ゲーム「虹色パラダイス」の世界に転生した子爵令嬢エルナ。既にゲームは終了後だったと安堵する間もなく、美貌の王子グラナートに告白されて悩むことに。しかも「虹パラ」には続編があるようで……。領地では変装した友好国の王子にプロポーズされ、学園ではグラナートを慕う大国の王女に嫌がらせをされ、パーティーでは襲撃事件が起こり友好国とは戦争の危機!?国を揺るがす大事件に巻き込まれながらも、エルナは自身が持つ聖なる魔力と向き合い成長していく。そうして気付いたグラナートへの本当の気持ちは——?

時計台の大聖女は婚約破棄に歓喜する 2

糸加

2024年6月10日　第1刷発行

★定価はカバーに表示してあります

発行者　瓶子吉久
発行所　株式会社　集英社
〒101－8050　東京都千代田区一ツ橋2－5－10
03(3230)6229(編集)
03(3230)6393(販売／書店専用)　03(3230)6080(読者係)
印刷所　株式会社美松堂／中央精版印刷株式会社(編集部組版)
編集協力　株式会社MARCOT／株式会社シュガーフォックス

ISBN978-4-08-632024-5　C0093

作品のご感想、ファンレターをお待ちしております。

あて先

〒101－8050　東京都千代田区一ツ橋2－5－10
集英社ダッシュエックスノベルf編集部　気付
糸加先生／御子柴 リョウ先生